Я — ТОЕ МЯСА, ЯКОЕ
ПРЫГАТАВАЎ ЗМІЦЕР

ЗМІЦЕР ВІШНЁЎ

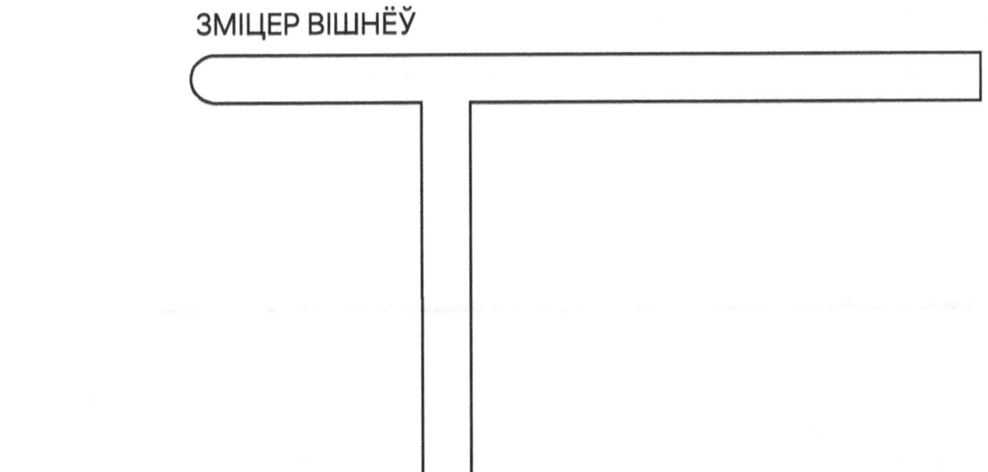

ЗМІЦЕР ВІШНЁЎ

Я — ТОЕ МЯСА, ЯКОЕ ПРЫГАТАВАЎ ЗМІЦЕР

раман

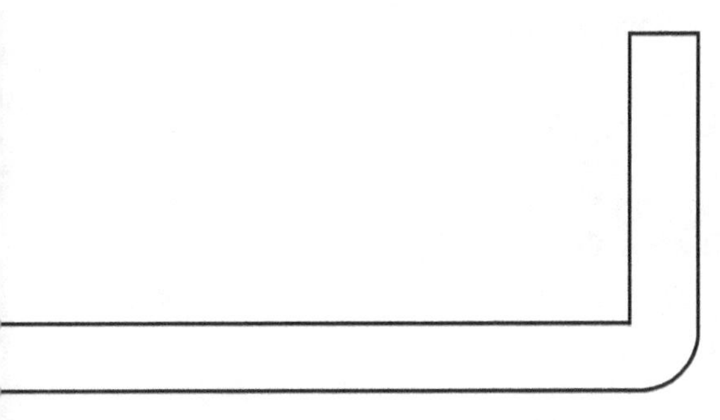

Zmicier Vishniou
Ja — toje miasa, jakoje pryhatavaŭ Żmicier
novel

Skaryna Press
London
2025

Кніга выдадзена пры падтрымцы Інстытута імя Гётэ ў выгнанні.
The book was supported by the Goethe-Institut.

Кніга выйшла ў рамках акцыі „33 кнігі для іншай Беларусі“,
якую праводзяць Ірына Герасімовіч і Сільвія Засэ:
33booksforanotherbelarus.ch.

The book is published as part of Iryna Herasimovich and Sylvia Sasse's
initiative, 33 Books for Another Belarus,
33booksforanotherbelarus.ch.

Рэдактар *Купрыян Якубовіч*
Дызайнерка вокладкі *Алена Нядзельская*

ISBN 978-1-915601-60-5

1.

Пачнём з таго, што ў Берліне я апынуўся выпадкова. Зялёныя рэкі перацякаюць з адной краіны ў іншую, падхопліваюць залацістую рыбу і нясуць яе ў сваіх даўгіх моцных руках. Каменне і пясок кідаюць развітальныя позіркі. Хвалі ныюць сумныя песні. Так і я быў тым амаль марскім стварэннем, якое несла рака лёсу. Я выехаў з Беларусі з адным заплечнікам і быў лёгкай здабычай для парома, цягніка ці самалёта. Гэтыя народжаныя чалавекам звяры глыталі мяне з вялікай ахвотай і атрымлівалі, напэўна, людажэрскае задавальненне.

2.

Я выправіўся на дзве месячныя пісьменніцкія рэзідэнцыі ў Швецыі і Нямеччыне. Мантрай гучала ў вушах слова „арышт". Пагроза ішла ад далёкай чыноўніцы, якая чамусьці ўяўлялася мажной злоснай цёткай у пракурорскай форме. Беларуская чыноўніца з Міністэрства інфармацыі тэлефанавала наконт майго выдавецтва, каб паведаміць, што яго дзейнасць будзе прыпынена, і абяцала крымінальныя прыгоды. Я пачуў пра містычныя шэсць гадоў незаконнай прадпрымальніцкай дзейнасці. У Беларусі даўно такімі метадамі вялі барацьбу з іншадумствам. Ужо грымела разбуральная вайна ва Украіне, у Беларусі ішлі рэпрэсіі, параўнальныя хіба з рэпрэсіямі сталінскіх часоў. Выязджаючы з Беларусі, я марыў пра шведскія скалы і хвалі Балтыйскага мора. У галаве вада з грукатам білася аб пірс. Здавалася, што там, недзе далёка, рыбы выскокваюць на бераг і водзяць карагоды вакол маракоў. Мне мроіліся шпацыры каля нямецкага замка Віперсдорф. Я ўяўляў таемныя каменныя шпілі, на якіх ад ветру падскокваюць і рыпяць флюгеры з выявамі рыцараў.

Праз пагрозы я быў вымушаны застацца ў Нямеччыне і ў выніку апынуўся ў Берліне. Выехаўшы за мяжу, я пазбавіўся магчымасці сустракацца з сябрамі, якіх ведаў шмат гадоў. І чамусьці, як толькі я з'ехаў, яны сталі паміраць, адзін за адным. Маё мінулае сціралася незваротна. Хаця напачатку я наіўна спадзяваўся, што там усё пакуль стане на паўзу і проста будзе чакаць майго вяртання. Здавалася дзікім і тое, што да памерлых я не мог прыехаць на развітанне. Я пакутаваў ад думкі, што блізкія нябожчыкаў мне не даруюць. Гэта было жахліва.

Некалькі гадоў таму я сядзеў разам з сябрам, пісьменнікам Сержам Мінскевічам, у менскай кавярні ўніверсама „Цэнтральны“. Серж сцвярджаў, што ў яго мяшаныя карані. Я памятаю, ён казаў пра тое, што ў ягоных продках былі вэпсы. Выказваў ён здагадку і пра магчымае сваяцтва з Чынгісханам. Сябра сапраўды меў яркую знешнасць: трошкі раскосыя цёмныя вочы, шырокія скулы. Мы ўзялі дзве гарбаты і па бутэрбродзе. На лусце чорнага хлеба з кменам ляжалі серабрысты селядзец, кроп, лісцікі пятрушкі і жоўты паўмесяц цытрыны. Серж прыцмокнуў і сказаў з прыдыханнем: „Люблю селядзец“. Ён выцягнуў з торбы прыхаваную тарпеду — двухсотпяцідзесяціграмовую пляшку гарэлкі. Мы тады вельмі душэўна пагутарылі. Гэта была адна з апошніх нашых сустрэч. Я цяпер думаю: калі б лёс даў яшчэ адну магчымасць пабачыцца, пра што б мы размаўлялі? Пэўна, пра ягоны недарэчны сыход у пяцьдзясят тры гады... У Сержа было шмат задумак, якімі ён са мной дзяліўся. Якім жа несправядлівым бывае жыццё, калі чалавек раптоўна пакідае гэты свет на творчым узлёце.

Цяпер мне мроіўся дзіўны шэпт прыяцеля: „Чорны хлеб, і на ім быў бліскучы цацачны самалёт, упрыгожаны ржавымі ракетамі. Рухаліся гумовыя батальёны“.

3.

Мае наведванні Берліна пачаліся недзе дваццаць гадоў таму з мастацкага сквота Tacheles і дома Literarisches Colloquium Berlin. І таму горад для мяне не быў чужым. Ён вёў размовы са мной. Прычым гэтыя гутаркі часцяком адбываліся ўначы сярод п’яных зорак. Я прыязджаў штогод у галерэю „Dach“, што месцілася пры сквоце, маляваў карціны і пісаў вершы, ладзіў брутальныя перформансы. Вынікам тых паездак быў і мой раман „Замак пабудаваны з крапівы“, які цяпер, перачытваючы, я ўспрымаю як вельмі недапрацаваны. Але як там кажуць людзі: „Слова як птушка: выпусціў — не вернеш“. Тым не менш гаворка не пра тое. Чайкі, бяздомныя, брудныя станцыі метро, пах перагару здаваліся мне нечым блізкім і родным. У тыя часы я ўзвышаў сярод гарадоў Менск, за ім ішоў Берлін. І цяпер, праз шмат гадоў, беларуская хунта выпеставала ў мяне нянавісць да першага горада. І потым я нечакана трапляю ў Берлін, які кажа „Guten Tag“ і выходзіць наперад.

У „Тахелесе“ ў мяне было не так шмат сяброў. Згадваю аднаго з іх, чорнавалосага, з белазубай усмешкай і з журботнымі вачыма, — іранскага мастака Рэза Мазхудзі, які нязменна трымаў у зубах цыгару, дыміў і мог гадзінамі ляжаць у стосе брудных газет. Я тады напісаў яго партрэт з цыгарай, і прыяцель з гонарам павесіў твор у сваёй майстэрні. Пазней я ладзіў перформанс у „Тахелесе“, і Рэза ўзяўся дапамагаць з музыкай — імправізаваць на сінтэзатары. Нечакана прыйшоў вялікі натоўп, чалавек сто. Рэза збег. У памяшканні сквота людзі былі падобныя да магмы, якая пеніцца і шыпіць. Я тады выкруціўся і выступіў без музычнага суправаджэння: калі я пачаў грызці курыныя яйкі, аблівацца кетчупам і чытаць вершы, людзі адразу спынілі размовы. Усё прайшло паспяхова, але на Рэза я быў пакрыўджаны.

Сёння я з задавальненнем падыміў бы, паварушыў магічнымі тытунёвымі пальцамі разам з Рэза. У тыя далёкія часы мабільных тэлефонаў з электронным перакладчыкам яшчэ не існавала, і таму размаўлялі мы зусім мала, бо ні англійскай, ні нямецкай мовы, а тым больш фарсі, я не ведаў. Крыўды даўно забытыя. Цяпер я задаў бы шмат пытанняў іранскаму мастаку. Я хацеў бы паслухаць пра ягоную радзіму і пра адзінокія дрэвы.

Вецер выплёўваў чорныя пруткі, яны ўтыркаліся ў зямлю і звінелі. Гучалі далёкія спевы, але немагчыма было разабраць словы.

4.

На платформе цэнтральнага берлінскага вакзала стаяў курдупель. Такі маленькі гарбаты кучаравы мужчына ў бэжавым плашчы. У яго быў вялікі і крывы нос, пад якім чарнела гарошынай радзімка. Выцягнутае падвоенае падбароддзе было падобным да кулака. Твар ўпрыгожвалі калматыя напаўсівыя бровы. У даўгіх руках ён трымаў складзены чырвоны парасон. Курдупель паглядзеў на мяне і заўважыў:

— Якія мы ўсе сентыментальныя, зрэшты. І ў гэтым няма анічога кепскага. Піўны куфаль у былой гэдээраўскай забягалаўцы — чым не песня? Калі смакуеш піва, пена падпаўзае і казыча нос. Складваецца ўражанне, быццам падаеш у аблокі.

5.

Да мяне з Беларусі пераехалі жонка з дачкой, і разам мы засяліліся ў пісьменніцкую кватэру, якая пераходзіла шмат гадоў з рук у рукі. Гэта быў такі своеасаблівы талісман. Я не ведаў тых пісьменнікаў, што жылі тут да мяне, акрамя аднаго, — ведаў дакладна, што ўсе яны былі з розных краін. Усе яны пакутавалі ад пераследу на радзіме, вялі барацьбу з уласнымі страхамі, адстойвалі прынцыпы, шукалі праўду. І калі я сядаў за шырокі стол, які нагадваў узлётную паласу, я адчуваў сябе пілотам звышгукавога самалёта. Мне здавалася, што кватэра знаходзіцца пад наглядам шамана. Бо кава тут запарвалася заўсёды з асаблівым прысмакам, быццам хтосьці падкідваў жменю цынамону, і радкі прыходзілі нечаканыя і свяціліся. І я не паверыў бы ў гэтыя метаморфозы, калі б са мной не здарылася адна гісторыя, і пра яе ніжэй.

Мой унутраны голас перадражніваў:

— Два гады прайшло з таго часу, як ты выехаў з Беларусі. Цяпер ты сядзеў у пісьменніцкай кватэры і раздумваў аб тым, што тут зачараванае месца. Магчыма, у гэтых сценах быў напісаны не адзін шэдэўр. Ужо распаўзліся святочнымі пітонамі сярод народу бессмяротныя радкі, напісаныя пастаяльцамі кватэры. У суседняй кебабніцы Кадыр ужо зляпіў новы дзёнар і, верагодна, нешта працытаваў з твайго таленавітага папярэдніка. Уяўляю, як паэты і паэткі тут нервова запісвалі паэмы, пілі віно, піва і кумыс. Магчыма, былі і тыя, хто запрашаў патусавацца сяброў, а потым п'яным узбіраўся на стол і дэкламаваў свае творы. Фантазія малюе партрэты змрочных і радасных, худых і тоўстых, лысых і барадатых людзей з розных краін.

Пакой упрыгожваў працоўны стол, які нібыта вырастаў з падлогі. Рэдкія карціны, што аздаблялі сцены, былі саркастычнымі ўсмешкамі невядомага мастака, і неабазнаны глядач знайшоў бы на іх толькі чорныя трохкутнікі. Белыя фіранкі веерам абмахвалі акно. Суседні дом быў маўклівым вулеем, які займаў палову неба. Кнігі экзатычнымі насякомымі напаўнялі паветра кватэры.

— Вельмі цікава, — сказаў я самому сабе. — Давай больш падрабязна пра глупства.

Я працягнуў:

— У пісьменніцкай кватэры на жырандолі сядзела жывая вялізная птушка. Вельмі рэдкі від: у адным з французскіх арніталагічных каталогаў яе называлі „муза“. У птушкі была вялікая барвовая дзюба, круглыя, як у пугача, вочы і лебядзіныя белыя пухкія крылы. Гэтая муза час ад часу лыпала вачыма і размаўляла з літаратарам чалавечым голасам. Трэба прызнаць, што творчы народ з цяжкасцю пераносіў прысутнасць гэтага дзівоцтва ў сваіх апартаментах, але зрабіць анічога не мог. Бо музу замацаваў за кватэрай невядомы чарадзей мастацтва. Кожны раз навасёлы заводзілі размову пра „вартасць свабоды“ і „недапушчальнасць рабства“ і кожны раз цярпелі паразу. Муза заставалася на жырандолі і нікуды не знікала, яна толькі папярэджвала, што любіць светлае нефільтраванае піва. І прасіла не забывацца на яе і купляць часам ейны любімы напой.

* * *

Першае слова часам бывае самым важным. Першае ўражанне, бывае, з табой жартуе. Першая старонка ў кнізе зацягвае ў тэкставы вір альбо адштурхоўвае. Першае каханне. Першая чарка. Першае злачынства. А ці бывае смерць першай?

6.

Засумаваў я ў Берліне. Я вось думаю, што гэта восень на мяне так уздзейнічае. Бо ў гэты перыяд часу сонца хаваецца. Яно толькі зрэдку вытыркае сваё вока і можа няспешна пальцамі-прамянямі пацерусіць валасы на карку. І ўсё. Дрэвы плююцца жоўтым лісцем. Сабакі выгульваюць сумных гаспадароў.

7.

З'явіўся фіялетавы гном, які паглядзеў на мяне, высунуў ад напругі язык і злосна зарыпеў:

— Зоркі падалі!.. Карабель адпраўляўся ў космас!.. Як сказала першая беларуская касманаўтка: „Ляцець вельмі лёгка".

Я ўздыхнуў і сказаў:

— Слухайце, як усё было на самай справе. Гэта вельмі змрочная гісторыя. Курдупель мяне суправаджаў падчас той чорнай вандроўкі.

— Ён цябе заўсёды суправаджаў, — сказаў гном.

Я працягнуў:

— У Менску, нібыта ад наступстваў кавіда, памёр мой сябра — мастак Алесь Родзін. Я ў гэты час ужо знаходзіўся ў Нямеччыне, ён — у Беларусі. Нечакана прыйшла навіна ад сяброў, што Родзін трапіў у лякарню, дзе пасля аперацыі і памёр.

Гном люта зарагатаў і закрычаў:

— Не мог так сканаць мастак! Я ўпэўнены, што белы накрухмалены ложак быў пустым пасля аперацыі. Родзін даследаваў ціхія калідоры і запальваў у чырвоных недаспаных вачах медыкаў надзею. Ягоныя тонкія страусавыя ногі шаркалі па шызым лінолеуме і вялі ў новую майстэрню-лабараторыю на дзясятым паверсе лякарні. Там, сярод насатых пыльных мікраскопаў і пузатых шклянак з мікстурамі, мастак размінаў празрыстыя пальцы і браўся за фарбы для касмічнай оперы. Манументальны маляваны чалавек засланяў адну са сцен, ад чаго ягоная галава ўпіралася ў столь, а ногі — у паркетную падлогу. Калі Родзін маляваў гэтага семафоршчыка, ягонае сэрца і захлябнулася ад цішыні. У думках мастак яшчэ доўга працягваў штрыхаваць нязграбную фігуру...

Я сказаў гному:

— Магчыма, так і адбывалася. Я пры гэтым не прысутнічаў. Напярэдадні мы з ім стэлефаноўваліся: абмяркоўвалі апошнія падзеі ў свеце, разважалі пра мастацтва, сабак, каву і месца чалавека пад сонцам.

Гном заўважыў:

— У гэты самы час па вакзале нервова хадзіў курдупель. Гузікі ягонага плашча бліскалі клавішамі піяніна, але музыка не гучала. Не свяціла і сонца. І над душой лёталі навальнічныя хмары. Прасветаў у настроі не назіралася. Змрочна было.

— Музыкі сапраўды не хапала, — сказаў я.

Гном дадаў:

— Трэба вітаміны піць, каб быў добры настрой.

Я працягваў:

— І вось мы зноўку сустрэліся з Алесем у капсуле часу. Але ўсё па парадку. Гэтую капсулу я знайшоў выпадкова, калі аднойчы шпацыраваў па цёмным ранішнім парку Гумбальтхайн. Шумеў дрэвамі моцны вецер, было шэрае і непрыветнае неба, нават накрапваў дождж, як раптам нешта мяне спыніла. Я нібыта спатыкнуўся... Каля агароджы стаяў дзіўны чорны металічны куб, прыхаваны хмызняком.

Гном захіхікаў.

Я працягваў:

— Я падышоў да куба і пабачыў прыклееную паперку з тэкстам: „Zu verschenken"*. Мне падумалася, што ён можа прыдацца для гаспадаркі. У Нямеччыне існуе

* Аддам задарма.

традыцыя выносіць на вуліцу непатрэбныя рэчы, каб іх маглі забраць іншыя. Да прыкладу, я ўжо такім чынам здабыў сушылку для посуду, дзіцячы чамадан на калёсіках і нават фігурку Барта Сімпсана. Аднак зрушыць куб з месца не атрымалася — ён быў як прыклеены і не варухнуўся. Расчыняцца ён таксама не захацеў. Некалькі хвілін я мучыўся і сабраўся ўжо сыходзіць, як куб расчыніўся сам.

Гном з сарказмам:

— Дарога ў морг выкладзеная з чыстых памкненняў.

Я працягваў:

— Унутры куб быў чыстым, абкладзеным аксамітнай чорнай тканінай. Я засунуў у яго руку — і ў наступны момант мяне нешта падкінула і стала засмоктваць. Я згубіў прытомнасць.

Гном са страхам:

— Прагулкі на свежым паветры не даводзяць да дабра.

Я працягваў:

— Прачнуўся я ў нейкім памяшканні, а побач ляжаў той самы злашчасны куб. Я агледзеўся. Здавалася, што я трапіў у бамбасховішча часоў Другой сусветнай вайны: вакол былі бетонавыя сцены без вокнаў і дзвярэй. Стаяла надзвычайная цішыня. Я падумаў, што, можа, каму затэлефанаваць і папрасіць дапамогі? Але калі я выцягнуў з кішэні разбіты мабільнік, стала зразумела, што гэта не атрымаецца.

Галаву нібыта напампавалі гадзюкамі. Я ўяўляў іх павольную валтузню, ці ўсплывала карцінка, як яны грэюцца пад пякучым сонцам. Часам мне здавалася, што яны поўзаюць па целе, абвіваюць рукі, шыю, даследуюць рот, горла, страваход... Было шмат змяіных галоў з дрыжачымі раздвоенымі язычкамі. Бясспрэчна, гэта варочаліся мае атручаныя думкі.

Гном заўважыў:

— Ты прыслухоўваўся — тваё сэрца амаль спыніла-ся. Цяпер ты быў перакана ны, што памёр. Дасведчаныя кажуць, што перад вачыма пралятае жыццё — быццам гартаеш старонкі сямейнага фотаальбома. Магчыма, разам з гадзюкамі і прыйшла твая смерць. Дзесьці я чытаў, што некаторыя ў стане клінічнай смерці бачаць святло ў тунэлі.

Я пагадзіўся:

— У мяне ў галаве поўзалі змеі. Было не балюча, не страшна, а крыўдна, што ўсё адбылося гэтак хутка.

І тут я пачуў голас...

8.

Гэта была мама, якая ўжо як два гады пакінула гэты свет.

(Побач з гандлёвым цэнтрам Гезундбрунэн я часта сустракаў немку — сівую бабулю, якая да непраўдапа-добнасці нагадвала маму. У такія моманты я думаў, што гэта мама мне дасылае вест-кі. Я лічыў, што яна спускае-цца з неба, бо непакоіцца за мяне.)

— Як ты там, сынку? Як там пажывае мая ўнучка Палінушка? Як там Вольга?

— Мама?.. — толькі і здолеў выціснуць я і ледзь не заплакаў.

— Ну, як твае справы? — пачуў я голас мамы за спінай. Абярнуўся — мама ўжо неверагодным чынам перанеслася туды. Яна стаяла каля сцяны. Мама была ў знаёмай кофце, у спартовых штанах, у якіх яна заўсёды перасоўвалася па доме і працавала ў агародзе. Яна глядзела на мяне з нейкім шкадаваннем. Я падышоў, і мы абняліся. Я адчуў слабыя рукі. Мне здалося, што мама схавала мяне пад сваімі вялікімі крыламі: было цёпла, утульна і спакойна.

Зморшчынкі бегалі па твары мамы:

— Ты неяк патаўсцеў, — заўважыла яна. — Спортам трэба займацца.

— Ды я спрабую, — апраўдваўся я. — Вось пачаў штодня шпацыраваць па парку — раблю два вялікія колы. Гэта займае каля сарака хвілін.

— Ну, няхай...

— Поля па табе вельмі сумуе. Вольга даследуе космас нямецкай мовы і камп'ютарную мову. Як ты, мама?

— Я? — мама засмяялася. — Замудохалася я з нашымі сабакамі. Гэта ж трэба — даглядаць ажно трох трагладытаў. Лёша гэтага дурнога сабаку падкінуў, які зусім не слухаецца і грызе мэблю. Мала нам было сваіх, дык унучак яшчэ нам працы надумаў... Ды і пра бацьку трэба клапаціцца...

— Мама, якія сабакі?..

— Сыночак, я не магу доўга размаўляць. У мяне там каша прыгарыць.

І я не паспеў запярэчыць, як мама знікла. Я паспрабаваў сабрацца з думкамі, памасіраваў скроні. І чамусьці падумаў пра смерць Алеся Родзіна.

9.

Я ўзняў вочы і са здзіўленнем пабачыў, што інтэр'ер змяніўся. Аднекуль з'явіліся сталы, крэслы, стойка бара і сам бармен — вясёлы барадаты дзяціна гадоў сарака па імені Ян, які нацадзіў мне ў куфаль светлага піва.

Капітан Барада сядзеў насупраць у аблачынах цыгарэтнага туману і глядзеў на мяне мутнымі недаспанымі вачыма.

Капітан рачнога параходства Барада быў легендарнай асобай, якая з'явілася на свет парадаксальным чынам. Менавіта ў маім антырамане „Калі прыгледзецца — Марс сіні“ беспрытульная галава скрала цела забітага дырэктара кнігарні, і так паўстаў з небыцця персанаж — п'яніца і авантурыст.

Капітан зняў сінюю фуражку і сказаў:

— Вока Родзіна нагадвала рэнтген. Дакладней, гэтае вока намаляваў Родзін. Я б дадаў нават, што палатно засмоктвала чалавека праз гіпнатычныя хвалі ў змрочную бездань розуму і прыводзіла да катарсісу. Колькі ж я бачыў зламаных людзей каля гэтага твора — не пералічыць. Гледачы спыняліся, разглядалі карціну і раптоўна пачыналі плакаць. І нават рыдалі! Калі Родзін маляваў гэты твор, вакол ягонай галавы лёталі хрушчы і багоўкі. Вочы самога мастака свяціліся дабрынёй.

На гэтых словах прыскакаў курдупель у каўпаку фіялетавага гнома і з'едліва запярэчыў:

— Зміцер, ты сам верыш у казкі Барады? Ты памятаеш, што капітан — хлус? Прашу прабачэння, капітан, я не хачу каб гісторыя ператваралася ў віртуальную гульню. І нам не патрэбная фраза „лёталі хрушчы“.

Загучаў матор, нібы хтосьці паласкаў рот. Заляцеў зялёны хрушч, толькі, у адрозненне ад звычайных жукоў, гэты быў вялікім — памерам з добры футбольны мяч. Ён праляцеў нізка, на ўзроўні нашых каленяў, няўдала закрануў крылом маю нагу і зваліўся пераспелым яблыкам. Потым хрушч яшчэ колькі хвілін патарахцеў і ўрэшце заглух. Я падышоў да нязвыклага насякомага, тое выпучыла на мяне вочы і сказала, быццам нешта перажоўваючы: „Што растапырыў граблі?“ Я здзівіўся: „Хто? Я?“ — „Ну, не дзед Пыхто, — заўважыў хрушч і спытаў: — Ці знайшоў, што шукаў?“ — „У пошуках“, — прызнаўся я. „Ну спрабуй-спрабуй, але з капітанам кашы не звварыш: ягоная галава відавочна не на сваім месцы. Давер мусіць прыйсці праз поўную трансфармацыю цела“. Хрушч гучна адрыгнуў і хутка ад нас папоўз. Дзесьці праз некалькі метраў ён перакуліўся на спіну, выгнуўся ёгам, падняў усе ногі, выплюнуў чырвоны фантан і заціх...

— Ён памёр? — запытаўся я.

Голас курдупеля:

— Аніхто не памёр. Я думаю, што мы не паміраем, — гэта падман! Мы пераходзім з аднаго стану ў другі. Напрыклад, у мінулым жыцці мяне звалі чарадзеем Барнабасам.

— Вы трапілі ў звычайную капсулу часу, якая рэагуе на вашыя жаданні, — спакойна паведаміў капітан Барада. — Вы цяпер знаходзіцеся пад зямлёй. Загадка капсулы яшчэ ў тым, што яна ствварае бясконцы тунэль. Будзьце са сваімі жаданнямі вельмі асцярожнымі.

Сказаць, што я здзівіўся, — нічога не сказаць. Я пачуваў сябе разгубленым, агаломшаным. І тут варта было чакаць сюрпрызаў. У наступную хвіліну побач матэрыялізаваўся мастак Алесь Родзін. Ён сядзеў за сталом насупраць.

Я радасна:

— Алесь, гэта ты?

Алесь пачухаў галаву:

— Хм-хм. Зміцер, ты задаеш каверзныя пытанні...

Я адпіў піва — стала лягчэй — і сказаў:

— Я так рады цябе бачыць.

Алесь заўважыў:

— Зміцер, аніякай капсулы часу няма. Гэта прыдумка айцішнікаў.

— Алесь, гэта ты?.. Ці гэта не ты?..

Родзін круціўся, нібы на гарачай патэльні:

— Зміцер, гэта не я. Я ўсё жыццё сябе шукаў.

— Цяпер бачу — ты. У мяне ў торбе ляжыць сухое гішпанскае.

— Тое, што трэба, — узрадаваўся мастак.

— Алесь, адкажы мне яшчэ на адно пытанне... Чым жыццё тут адрозніваецца ад смерці?

— Упэўнены, што ты ведаеш адказ. Толькі патрэбны час для асэнсавання.

— І калі я гэта зразумею?

— Разам з новай энергіяй, — загадкава патлумачыў мастак.

Знянацку я апынуўся ў суцэльнай цемрадзі, нібыта хтосьці націснуў на рубільнік. Я б сказаў, што мой мозг трапіў у новую рэчаіснасць, дзе я не адчуваў цела і нічога не бачыў. Яшчэ была надзея, што смерць мяне не забрала. Магчыма, я проста звар’яцеў. „Калі мне стане лепш, усё праявіцца, як на фотаплёнцы“, — супакойваў я сябе.

10.

Уключылася святло. Я пазнаў майстэрню Алеся Родзіна. Тут неаднойчы мы сустракаліся, пілі віно і разважалі пра жыццё.

— Ну прывіт-прывіт, Зміцер, — сказаў Алесь Родзін, пасміхаючыся і працягваючы руку ў вітанні. — Адкуль ты?

Я разгубіўся:

— Я? Гуляў па парку.

У майстэрні паўсюль валяліся купы смецця і непатрэбныя рэчы... Бязносая цацка-янот ляжала на паўпустых слоіках з-пад капусты і спрабавала лапай дацягнуцца да цвілі. Шалі ўзважвалі каталогі і абгрызены серп каўбасы. Крэпасць са зламаных крэслаў чакала нападу знясіленых падарожных... Лямпы, бутэлькі, шкарпэткі, цацкі, партрэты лідараў Кітая, Кубы і г. д. Панаваў звычайны родзінскі хаос.

— Ёсць што? — пацікавіўся Алесь.

І тут я зразумеў, што ў прыяцеля, аказваецца, два твары. Адзін мне ўсміхаўся. Другі я заўважыў не адразу, а толькі калі Алесь павярнуўся спінай. Другі твар знаходзіўся на патыліцы і змрочна на мяне пазіраў. Першы быў ружовашчокі, а другі — барвовы, з выпуклымі налітымі крывёй вачыма.

У заплечніку ляжалі дзве бутэлькі гішпанскага чырвонага віна, якія я прыдбаў дахаты. Родзін працягнуў аднаразовыя пластыкоўкі. Я разліў, мы чокнуліся і выпілі.

Першы Алесь, той, што са мной піў, сказаў:

— Зіма склала адзінокіх снегавікоў...

А той другі, ззаду, сярдзіта дадаў:

— У дзяцінстве я біў клюшкай снегавікоў...

Я разгубіўся і спытаў:

— Ты біў клюшкай?

Першы Алесь удакладніў:

— Зміцер, вядома, я любіў гуляцца з клюшкай.

Другі дадаў:

— Яшчэ як біў...

Выратаваў сітуацыю курдупель, які нечакана з'явіў-
ся і заверашчаў:

— С. Снег. Гук зрываецца з кончыка языка. Ён пера-
ходзіць у галасавую бухту. Сон. Сок неба. Можна пайсці і
адшукаць новыя фрагменты. Салата са снежак. Смачны
хрыпаты гук сэрца. Чамусьці прыходзіць у галаву сама-
вар для Дзеда Мароза...

— Трэніруецца ў паэтычных практыкаваннях, —
патлумачыў я.

— Як яно? — усміхаючыся, запытаў у мяне першы
Алесь.

— Зусім няпроста, — адказаў я шчыра. — Ты ў кур-
се, што адбываецца дома? Узурпатар лютуе. Помсціць
усім — і старым, і малым. Часам здаецца, што ён помс-
ціць нават птушкам і бабрам.

Другі Алесь удакладніў:

— Не варта было нывацца...

— Бабрам? — здзівіўся першы Алесь. — Чаму ба-
брам? Гэта як? Няўжо зноўку ўводзіць у моду бабровыя
шапкі і шубы? Ці заганяе баброў служыць у войска?

— У ГУБАЗіК толькі такіх і бяруць, — я крыва ўсміх-
нуўся. — Калі шчыра, горш. Людзям перакрывае доступ
да паветра, бабрам — да дрэваў.

— Ну ка-лі на-а-в-а-а-т ба-а-абрам жы-ы-ыцця не даюць, — сказаў першы Алесь, расцягваючы словы, — трэба абавязкова выпіць.

Другі Алесь дадаў:

— Выпіць неадкладна.

Мы зноўку выпілі віна. І я наліў сябру два разы, бо спачатку са мной выпіў першы Алесь, потым — другі.

— Мёртвыя навіны, песні, размовы, людзі, жывёлы, цягнікі, — сказаў я. — Шкло ў акулярах стала чырвоным.

— Мне часам думаецца, — сказаў першы Алесь, — праблема ў адносінах паміж людзьмі — гэта праблема якасці фарбы.

Я падыгрываў выродлівай рэчаіснасці — вёў з прывідамі пустыя і бязладныя размовы. Я прымаў цені родных і сяброў амаль за жывых. Прастора націскала на самыя балючыя месцы, немагчыма было не рэагаваць на з'яўленне такіх блізкіх і ў той самы час такіх далёкіх людзей. І таму я ўключыўся ў гэтую змрочную вар'яцкую гульню з надзеяй на шчаслівае завяршэнне вандроўкі. Бо я вельмі спадзяваўся вярнуцца ў свет жывых.

— Фарбы — гэта не сутнасць, — сказаў другі Алесь. — Сутнасць — у адсутнасці фарбаў.

З гэтымі словамі Алесь выйшаў у суседні пакой і пачаў там грымець. Раптам за спінай я пачуў шоргат. Азірнуўся — каля сцяны выгінаўся паласаты кот.

— Кыс-кыс, — паклікаў я. — Хадзі сюды, вусаты.

Кот муркнуў, няспешна падышоў і стаў лашчыцца.

— Чып? — пазнаў я ката з далёкай вёскі Ажуройсці, дзе мы праводзілі лета з бацькам.

У адказ кот завурчэў. Я пагладзіў ката па галаве.

— Адкуль ты ўзяўся? — сказаў я ці, хутчэй, задаў пытанне самому сабе.

— Мяў, — адказаў кот.

Мо віно, выпітае з Родзіным, падзейнічала? Я пачуваў сябе не вельмі добра. Кот ад мяне адышоў, сеў насупраць і ўважліва пазіраў.

— Як я рады цябе бачыць, Чып, — прызнаўся я.

Кот адказаў:

— Я прагаладаўся.

З мышынай нары вылез гном і паведаміў:

— Я распавяду, што адбылося далей. Раптоўна кот страшна зашыпеў і кінуўся за мышшу. Ты раздумваў пра тое, паехаў дах на глебе эміграцыі ці на глебе чарговай п'янкі? Дзе нараджаліся прывіды? У народзе кажуць, прыйшла „белачка". І чым болей ты думаў, тым горш табе рабілася. Нахлынуў невымоўны адчай. Здавалася, што паярхоўны чалавек у табе перамагае філосафа. Ты паглыбляўся ў значныя рэчы, але словы не знаходзіліся. Выказаць тое, што баліць, неставала думак.

Я дадаў:

— У такія хвіліны думаеш, што цябе закінулі ў балота, з якога ты не можаш выбрацца. Твае крокі адразу робяцца напаўжывымі. Свет выглядае паралізаваным.

У гэты момант Чып кінуўся за мышшу, але перадумаў яе даганяць, калі мыш раптоўна пачала раздзімацца да памераў паветранага шарыка і потым марудна ўзляцела. Колькі хвілін яна лунала дырыжаблем і ціха папісквала. І яшчэ праз імгненне мыш крыкнула: „Сраны кот!" — і выбухнула — яе разарвала на шматлікія шматочкі.

Кот Чып пафасна зашаптаў:

— П'яны ў цягніку казаў: „Вайна — гэта змяіны бім-
бер. Чым больш яго п'еш, тым страшней пахмелле“.
Другі п'яны з ім пагаджаўся: „Вайна — гэта біфштэкс
з крывёй. Страва для садыстаў“. Трэці п'яны падпяваў:
„Вайна — гэта прафесійны калекцыянер дзіцячых ца-
цак“. Чацвёрты, на мыліцах, прызнаваўся: „Вайна —
гэта спадарыня, якая наглядае за могілкамі, моргамі й
маўзалеямі“.

11.

Я пачаў нервавацца. Алесь не вяртаўся.

Я крыкнуў:

— Алесь!

Сябра не адгукаўся. Тады я пайшоў яго шукаць у су-
седні пакой.

Але насуперак маім спадзяванням, я апынуўся на
кухні ў літаратурным доме Вентспілса. Там каля пліты
завіхаўся двухметровы паўнаваты чалавек. Пахла пры-
гатаваным мясам, спецыямі, часнаком. Чалавек павяр-
нуўся — і я пазнаў паэта Улдыса Бэрзіньша.

— Ну, што стаіш, як не свой? — праракатаў ён.

Я прысеў за вялікі стол.

Улдыс Бэрзіньш быў усмешлівым рамантыкам, які
ў творчасці спалучыў хлапчуковае свавольства з глыбо-
кай філасофіяй. Ён меў не толькі высокі рост, але і выса-
кародную душу.

— Як самаадчуванне? — запытаў Улдыс.

Цікава, што ўсе тут пытаюцца пра маё самаадчуван-
не.

— Ды больш-менш, — сказаў я.

— Больш-менш, — перадражніў мяне Улдыс. — Закусваць трэба.

— Ды я закусваў. Рульку прыгатаваў.

— Рэцэптам падзелішся? — зацікавіўся Улдыс.

— Калі ласка, — сказаў я. — Замарынаваў у мядова-гарчычным настроі, дадаў пару лыжак радасці, сем зубчыкаў смеху, жменю пацалункаў. І адправіў на дзве гадзіны да егіпецкага бога Маахеса.

На стале з'явілася запечаная залацістая рулька.

— Я тое мяса, якое нядаўна гатаваў Зміцер, — сказала яна.

У гэтай рулькі былі чырвоныя вочы, руды нос, сіні рот і выразны голас:

— Усё ж у марынадзе мяне не датрымалі.

Улдыс спытаў:

— Ты крыўдуеш, рулька?

Рулька:

— Кожны кухар абавязаны ведаць, што настрой мусіць быць вытрыманым, радасць павінна быць натуральнай, смех варта дадаваць аўтэнтычны, пацалункі трэба сыпаць толькі шчырыя.

— Гэта мне нагадвае сітуацыю з вашым самаабвешчаным. Ён людзей успрымае за мяса, з якога можна гатаваць рулькі, — сказаў Улдыс.

Рулька:

— У наш прафсаюз уваходзяць і чалавечыя рулькі — беларуская фракцыя самая вялікая.

— Ведаеце, Улдыс, што ён робіць з тымі, хто не мае працы? — сказаў я.

— Дапамагае, пэўна? — усміхнуўся Улдыс.

Рулька:

— Ён нясе дармаедаў у мясны цэх!

Я патлумачыў:

— Ён залічвае беспрацоўных да ўласных ворагаў. Бо лічыць, што яны не маюць права карыстацца бясплатнай медыцынай. Беспрацоўных ён называе дармаедамі. Дармаед — гэта такі амаль звер, які есць дармовы хлеб з рук дыктатара і таму мусіць сплочваць грошы. Дармаеды выдаткоўваюць у некалькі разоў болей за камунальны корм. Самаабвешчаны штодня імкнецца псаваць жыццё беларусаў — прыдумляе новыя віды катаванняў.

— Стратэгія не ўсім зразумелая, але, мабыць, перспектыўная, — Улдыс скрывіўся. — Хочаш падмацавацца?

Рулька:

— Я гатовая! Дакладней — прыгатаваная!

— Не — дзякуй, — сказаў я. — Штосьці апетыту няма...

— Ну як знаеш.

Улдыс пацягнуўся з відэльцам да рулькі. І тая раптам зашыпела кобрай, саскочыла з талеркі і няўдала звалілася на падлогу — распырскала соус, войкнула і папаўзла марудна-марудна, як чарапашка. Улдыс не разгубіўся, падбег і з размаху ўсадзіў відэлец у мяса. Рулька захрыпела, застагнала, выплюнула зубчык часнаку і заціхла.

— Улдыс, як перамагчы смерць? — спытаў я.

Здавалася, што паэт паглядзеў на мяне са здзіўленнем, разгублена, потым адказаў:

— У кожнага ёсць свой салавей — рухайся за ім. Салаўі крычаць і запрашаюць нас да падарожжа.

Дзе шукаць таго салаўя? Ды яшчэ і свайго. Я не ведаў, не ўяўляў. Слова „салавей“ было нежывым, непявучым і нагадвала фігурку, выразаную з дрэва.

Раптам рулька зноў захрыпела і папаўзла ў майстэрню да Родзіна. Улдыс паспяшаўся за ёй і знік за дзвярыма.

З-за дзвярэй я пачуў ціхі голас Алеся Родзіна:

— Вочы гучалі званочкамі. Маршчыністая бабуля заціскала вушы рукамі. Міліцыянт схіліўся над старой і кіпеў: „Нашая ўлада не прыхаваная. Яна відавочная. З малінавымі кулакамі. З чорнымі катафалкамі-ракетамі. Яна не ведае жалю, слабасці. Яна — як гэты цягнік, які па маім загадзе праб’е новы тунэль у тваёй галаве". Бабуля, закатаваная званочкамі, старая кветка, шаптала: „Колькі?" — „За паклёп і абразу кіраўніка цябе — на корм да рыб! А для касмічнай турысткі — на шыю залатую зорку героя!"

12.

Тут прастора здабывала новыя сэнсы. Тунэль нагадваў стужку Мёбіуса. Людзі ажывалі? Ці паўставалі толькі іх прывіды?

Курдупель зашаптаў:

— Як доўга нас будзе трымаць у палоне гэты куб?

Я прызнаўся курдупелю:

— Некалькі разоў я падыходзіў і спрабаваў у яго ўціснуцца, але кожны раз невядомая сіла мяне адкідала. Нібы нябачныя рукі асілка адцягвалі мяне прэч.

Курдупель тэатральна заенчыў:

— Што рабіць нам далей? Як быць? Як прабіць сцены вязніцы?! Як збегчы ад памерлых?

Я тэатральна захрыпеў:

— Разбураюцца клеткі майго мозгу... Цені выклікаюць усе гэтыя недарэчныя карціны і размовы...

Курдупель злосна дадаў:

— Ты, пэўна, начытаўся тэлеграм-канала расейскага прапагандыста Салаўёва. У цябе мазгі расплавіліся, і ты ператварыўся ў зомбі. Паглядзі на сябе ў люстэрка.

Выплыла люстэрка.

Я паведаміў:

— Выплывае вялікае люстэрка. Я гляджу на сябе. І бачу, як твар трэскаецца зморшчынамі, як сівеюць валасы. Я набліжаюся да ценяў.

Курдупель павучальна сказаў:

— Колькі разоў я папярэджваў, што трэба пачынаць новае жыццё? Колькі разоў я казаў табе не паўтараць зробленых памылак? Не слухай прапагандысцкай чухні. І завязвай з ромам.

13.

Я ўсё ж заснуў у фатэлі, і мне мроілася, што я знаходжуся ў бацькоўскай хаце ў вёсцы Васілінкі. Здавалася, што ў пакоі ля сцен стаялі знаёмыя шафы і вісеў партрэт Неферціці. Даносіўся пах смажаных бліноў.

— Зміцер, уставай! Зміцер! — крычаў мой сябра Серж Мінскевіч.

Вочы ў сябра гарэлі, як гарачыя вуглі. Ён быў узбударажаны, у куртцы і з заплечнікам.

— Зміцер, мы спазняемся! Наш аўтобус праз дзесяць хвілін — трэба тэрмінова выбягаць! — крычаў сябра.

— Вітаю, Сяржук, — азваўся я. — Што? Куды? Нічога не разумею.

— Куды? Ты забыўся? На канферэнцыю ў Полацк. Хутчэй!

Сяржук хадзіў па пакоі, грымеў, штосьці скідваў з шумам. Я ўжо разумеў, што гэтыя зборы несапраўдныя.

— Сяржук, я думаю, нашыя з табой вандроўкі спыніліся на пэўны час, — пачаў я здалёк.

— Пра што ты кажаш, Зміцер? Аўтобус чакае! — крычаў сябра.

— Сяржук, гэты аўтобус дакладна не з'едзе. Здымі заплечнік і прысядзь.

Сяржук яшчэ колькі хвілін упарта наразаў колы па пакоі, але зрэшты супакоіўся і сеў у суседні фатэль. Было бачна, што ён пакутуе ад думкі пра спазненне. Прывід сябра яшчэ намагаўся зразумець падзеі, спрабаваў іх асэнсаваць.

— Так, Сяржук, больш у Полацк мы, мабыць, не паедзем. І я цяпер увогуле знаходжуся ў Берліне, — сказаў я.

Сяржук зарагатаў. Ён рагатаў ад душы і трымаў жывот ад смеху.

— Як ты, Зміцер? — запытаўся раптам Сяржук. — Як твая Вольга? Як дачка?

— Дзякуй, змагаемся. — Я паглядзеў на сябра. — Чаму ты не з'ехаў? У цябе ж была магчымасць.

Сябра сумна засмяяўся:

— Я з'ехаў, Зміцер. Некалі зноў сустрэнемся з табой. Час, па сутнасці, складаецца з імгненняў. Ты і не заўважыш, як ён праляціць.

— Цяпер ты выправіўся да Юркі Гуменюка, — сказаў я.

(Паэт Юры Гумянюк трагічна загінуў у Гродне.

Выпаў з дзявятага паверха інтэрната. Абставіны смерці дагэтуль выклікаюць шмат пытанняў. Я пастаянна з жахам уяўляю, як Юрка падае ўніз. Гэтая карцінка аніяк не выходзіць з галавы — паэт-дэкадэнт ператварыўся ў легендарнага Ікара.

Згадваю, як у Менску перад выступам Юры піў маленькую пляшку чорнага бальзаму і сказаў: „Мне патрэбнае паліва“).

З’явіўся паэт Юры Гумянюк:

— Штосьці, хлопцы, вы тут замуцілі...

Сяржук узрадаваўся Юрыю:

— Мы згадваем, як некалі ў вандроўцы выпілі запамінальную гарэлку „Моцны арэшак“.

— Самі кедравыя арэшкі засталіся ў бутэльцы, — я ўсміхнуўся. — Потым у грыбы хадзілі. Назбіралі поўныя кошыкі баравікоў, абабкаў, маслякоў. Смажылі грыбы з цыбуляй і ўсіх частавалі. У адрозненне ад астатніх удзельнікаў вандроўкі, якія спалі ў цёплай хаце, заночылі ў намёце, дзе доўга балбаталі. Змерзлі як цуцыкі і адаграваліся гранатавай гарбатай.

Юры Гумянюк заўважыў:

— Алкаголь — толькі сродак для ўнутранай камунікацыі.

Тут з расчыненага акна наляцеў вецер, зверху пасыпаліся срэбныя пацеркі, і прыяцелі пачалі мяне палохаць. Першым змяніўся Сяржук: ён ператварыўся ў вялікага краба, які глядзеў не міргаючы. Я назіраў, як з ягонага панцыра звешваюцца мокрыя марскія водарасці і падаюць маленькія рачкі.

— Зміцер, вось так і бывае, калі многа спажываеш какосаў, — сказаў ён. — Такі лёс пісьменніка.

— Гэта алергія? — не зразумеў я.

Прыяцель не адказваў, выцягнуў аднекуль пакунак з кедравымі арэхамі і пачаў трушчыць яго сваімі вялікімі ружовымі клюшнямі. Другім змяніўся Юры: ён пачаў чвякаць, з ягонага рота, нібы ягады, пасыпаліся зубы, потым ён выплюнуў на рукі язык і ў наступны момант стаў вялікім зеленавата-жоўтым бананам. Ад Юрыя застаўся толькі бяззубы і без'языкі рот, які прашамкаў ледзь зразумелае:

— Гэта наступствы чарнобыльскай аварыі. Многа еў трускалак з забруджанага гарода.

Зашаптаў гном:

— Перспектыва такіх прыгод зусім не радавала. Новы свет сустракаў прывідамі прыяцеляў, якія паступова ператвараліся ў монстраў. Відавочна, ты спрабаваў даўмецца сэнсу гэтых вычварэнскіх карагодаў. Як можна зразумець сэнс, калі яго няма? Бо гэта такая гульня: „Знайдзі тое, не ведаю што". Напэўна, ты ўжо падрыхтаваны да сустрэчы з крывасмокамі і канібаламі, з вычварэнцамі і ка́тамі. Толькі ці патрэбныя табе такія сустрэчы? Ці дадуць яны надзею на нешта пазітыўнае? Ці знойдуцца адказы на важныя пытанні, якія цябе заўсёды мучылі?

У гэты момант зверху загрукатала — было ўражанне, што стрэлілі ракетай. Пачала сыпацца столь. Сталі падаць кавалкі перакрыццяў, якія адразу накрылі краба. Банан паспеў выскачыць у акно, і я пачуў ягоны перадсмяротны крык: „За радзіму!" Ціха заспяваў краб: „Баю-баюшки-баю. Не ложися на краю!.." Песня абарвалася, і я пабачыў, як тырчыць і варушыцца клюшня. Я падумаў, што трэба дапамагчы, але пачуўся чарговы воплеск, і сыпацца стала мацней. Грукатала, дыміла, гарэў моцны агонь. На мяне звалілася адна з бэлек і прыціснула нагу. Неймавернымі намаганнямі я здолеў вылезці з-пад завалу, кульгаючы, падбег да дзвярэй, адсунуў іх і выскачыў прэч...

14.

У памяшканні, у якое я выскачыў, сцены пайшлі расколінамі, а столь праламалася. За языкамі полымя свяціўся акрайчык чырвонага неба. Як раптам нехта стаў залазіць праз пралом у столі — спачатку паказаліся ногі, потым уніз саскочыў і ўвесь чалавек. Я пазнаў добрага знаёмага — Міраслава. Ён быў брудным, з цёмным апаленым тварам.

— Здаравенькі булы, — паведаміў ён. — Ну, як ты тут?

—Ды нават і не ведаю. Трапіў у падземны свет. Яшчэ сам не магу разабрацца, што адбываецца.

— Гэта звычайная капсула часу — нічога страшнага. Табе трэба прайсці выпрабаванне часам.

І Міраслаў знік. Хоць, здаецца ж, толькі заскочыў.

З’явіўся курдупель, які замармытаў:

— Як вы бавіце вольны час? Ходзіце ў грыбы? Ці наведваеце музеі і галерэі? Магчыма, шпацыруеце ў кінатэатр, на канцэрт ці ў бар, каб паглядзець футбольны матч? Магчыма, з торцікам наведваеце сяброў?

15.

Шмат гадоў таму, калі я працаваў у менскім Доме

літаратара, мне часта даводзілася займацца нябожчыкамі. Пісьменнікі мерлі як мухі, бывала штотыдзень. У большасці сваёй гэта былі амаль нікому невядомыя графаманы. Але існавала традыцыя развітання з сябрам Саюза беларускіх пісьменнікаў — труну з нябожчыкам абавязкова выносілі з Дома літаратараў... Вянкоў з чорнымі стужкамі я перацягаў мноства. Самым жахлівым было для мяне завязваць рукі памерлага, бо чамусьці нехта з кіраўніцтва Саюза пісьменнікаў прыдумаў, што гэта абавязкі літаратурнага кансультанта. Мне было страшна дакранацца да невядомых мне людзей. Іх кнігі ні пра што не казалі. Збольшага гэта былі зборнікі з аднатыпнымі тэкстамі пра птушак, лес і радзіму. Я б сёння сказаў: ідэалагічна-правільная, вывераная пісаніна. Завязваць рукі нябожчыкам атрымлівалася ў мяне кепска: я дакрануўся да халодных распухлых сардэлькавых пальцаў, і здавалася, што з мяне самога робяць халадзец. Я быў упэўнены, што графаманы з мяне здзекуюцца і пра сябе ўсміхаюцца, пазіраючы на мае пакуты.

16.

У тунэлі на скураной канапе сядзеў Джэймс Джойс. У святле лямпаў блішчэлі ягоныя лакіраваныя чаравікі.

Джэймса Джойса я не мог ведаць асабіста — адкуль ён тут? Калі пісьменнік памёр у 1941-м годзе, майму бацьку быў годзік. Я зразумеў, што гэта Джэймс Джойс, на ўзроўні нервовых клетак. Я бачыў перад сабой чалавека хударлявага, з вусікамі, у акулярах, у капелюшы, у белай кашулі, з матыльком — усё супадала з вобразам вядомага літаратара.

Курдупель з-за спіны сказаў:

— Макароны з сырам — гэта аб'ект для даследаван-
ня зубоў. Розныя вектары і розныя пласты, — з гэтымі
словамі ён падышоў да Джойса і схапіўся за ягоны ка-
пялюш з намерам забраць, але нічога не атрымалася.
Бо галаўны ўбор з'яўляўся часткай пісьменніка і рас-
цягваўся разам з галавой. Потым Джойс раптам пачаў
есці ўласныя рукі, яны былі накшталт гарачага сыру. Ён
кусаў пальцы, і тыя цягнуліся ніткамі, рваліся, віслі. Ён
паглядзеў на мяне:

— Я не разумеў, ці наляцеў вецер. Я не адчуваў поды-
ху дрэваў. Я не ўзняўся бліжэй да вяршыні, якую спраба-
ваў скарыць усё жыццё. Я не паддаваўся змрочным пра-
вакацыям гномаў. Тым не менш магія святла не пакіда-
ла шыроты, дзе боўтаўся я. Чуеш, Бык Маліган?

Я падумаў, што кожны трэці з маладых аўтараў хоча
стаць калі не Янкам Купалам, дык абавязкова Джэйм-
сам Джойсам. Гэтыя новыя нашчадкі джойсаўскай тра-
дыцыі зазвычай не дачытвалі „Уліса“ і не разумелі яго-
най сапраўднай глыбіні, іх натхняла вядомасць твора.
Яны хацелі адкусіць кавалачак джойсаўскай славы, ім
хацелася сырнага Джойса.

Джойс ускочыў і стаў нервова хадзіць. За ім застава-
ліся сырныя сляды, і сам ён быў перапэцканы, жоўты,
з рукавоў звешваліся шматкі рук.

Прастуджаны голас захрыпеў з цемрачы:

— Я не ведаў, куды мне рухацца і як змагацца з са-
мім сабой. Я не валодаў мовай птушак, але спрабаваў
зразумець вавёрак. Я змагаўся з шэптам замбіраваных
прапагандыстаў. Тым не менш я гатаваў на адкрытым
вогнішчы салодкія перцы і цыбулю. Я не ведаў, ці

дапаможа мне пах, прынамсі дым адганяў ад мяне кажаноў і невядомых драпежнікаў.

Джойс працягваў:

— Я не разбіраў слоў. Я не мог састыкаваць на мапе Паўночны полюс з падводнай лодкай сваёй свядомасці. Я не вырас да слана і не наблізіўся да Малігана. Я кожны раз выцягваў з шафы схаваныя шкілеты сваёй маладосці. І тым не менш я не развучыўся гуляць у шашкі, асабліва ў каньячныя. Я не ведаў, дзе ў гэтым горадзе схаваўся той, хто прымае рашэнні.

Загучала джыга. Невядомы ў нацыянальным ірландскім строі выйшаў з цемрачы тунэля, сказаў „уф“ і стаў адбіваць стэп-танец. Потым ён спыніўся і паведаў:

— Я не мог ужо піць два літры таго. Я не мог запіваць і гэтым. Я не чуў, што мне крыкнуў той падчас таго, калі адправіўся цягнік у невядомае. Я не расчараваўся ў ім. Я памятаў нашую складаную размову пра тое. Тым не менш страх мяне не прыкруціў да электрычнага крэсла. Я зноўку спяваў марскую песню аб тым, што цешыць. Думаў заўсёды пра іх.

Знясілены размовай, Джойс зноў сеў на канапу.

Я заўважыў:

— Мне згадаліся словы галоўнага героя фільма „П’янь“, што знялі па сцэнары Чарльза Букоўскі: „Некаторыя людзі аніколі не вар’яцеюць. У якім жа сумным свеце яны жывуць“. Я ж вар’яцеў занадта часта. Светлых дзён, калі няма змроку і раз’юшанасці, было ўсё менш і менш.

Джойс на мяне паглядзеў:

— Ты хацеў пра штосьці ў мяне спытаць?

Я прызнаўся:

— Гэта праўда. Чалавек можа ўрэшце забыцца на войны?

Джойс пацёр вочы, паскардзіўся на глаўкому і сказаў:

— Я ведаю дакладна. Ірландскае паданне сцвярджае, што аднойчы прыйдуць гномы і пабудуюць новы Дублін. Яны высекуць яго з гары. Вуліцы аздобяць каштоўнымі камянямі і піўнымі палацамі. Войны забудуцца. Магчыма, толькі трэба адшукаць гнома Гаўрыла...

Нечакана невядомы ў нацыянальным ірландскім строі падхапіў Джойса пад пахі і пабег у цемрач тунэля. Я толькі пачуў здалёк: „Зрэдку нас ратуе глыток паветра!“

Я не паспеў запытаць у Джойса пра гнома Гаўрыла. Як выратаваць свет? Глытком паветра? Я жыў не заўсёды правільна, часта ставіў няправільныя задачы, не выконваў наказы дзядоў. Можа, гэты шлях у тунэлі — расплата за памылкі, зробленыя ў жыцці?

Раптам з-за джойсаўскай канапы вылез фіялетавы гном — відавочна, ён хаваўся там увесь час і слухаў нашы размовы. „Вось зачынілі ў цябе выдавецтва, — сказаў гном. — Чаму ты не вярнуўся назад у Беларусь? Беларуская турма — гэта ж амаль аўтэнтычная гулагаўская камера. У Нямеччыне і за грошы такой не знойдзеш. Меў магчымасць гераічна выправіцца ў бясплатную пятнаццацігадовую вандроўку з перспектывай поўнай слепаты і бяззубым ротам“. „Ну-у-у“, — пачаў я і не працягнуў. „Затое пячонку б захаваў, — аргументаваў гном. — Пятнаццаць тон кніг засталося на складзе — гэта ж якая цудоўная замена дроў. Жыў бы — гора не ведаў“.

17.

Я рушыў па пыльным тунэлі, зрэдку сустракаліся кусты, на якіх віселі гарачыя дранікі. „Гэта мая падсвядомасць прыгатавала, — упэўнена падумаў я, — можна спатоліць голад“. Я працягнуў руку да аднаго з іх і адчуў рэзкі боль. Дранік выпусціў некалькі маленечкіх вострых зубоў. Я з цяжкасцю адарваў ад рукі пачастунак і перапэцкаўся ў крыві, алеі. Дранік пішчаў, агрызаўся. Я адкінуў яго падалей, але і здалёк чуў злоснае мармытанне і гаўканне. Праз пэўны час да гэтага мармытання далучыліся астатнія дранікі на кустах. І стала няўтульна.

З’явіўся Родзін, які заспяваў: „Мы партызаны! Партызаны! Беларускія сыны!“ Я падхапіў знаёмыя словы. Мы спявалі ўдвух, расправіўшы з гонарам плечы, гучна, з надрывам. І дранікі заслухаліся і заціхлі. Гэта было шаленствам.

Калі мы скончылі спяваць, Родзін спытаў:

— Як, ужо адаптаваўся ў Нямеччыне?

— Ні халеры, — шчыра прызнаўся я. — Праблемы шараговага немца адрозніваюцца ад беларускіх. Мы, у адрозненне ад немцаў, заўсёды пад побытавым прэсам. Ды пра што казаць, мы — паднявольныя людзі ў сініх пальцах узурпатара. У немцаў думкі пра футбол, піва і бясплатны праезд у грамадскім транспарце. Нармальныя чалавечыя жаданні. У беларусаў адно — як бы збегчы ў лес.

— Так-так. Партызаншчына — гэта паветра, якім мы дыхаем, — пагадзіўся Алесь. — Як у цябе з жытлом?

Я падумаў, што ў гэтым месцы мала фактуры. Увогуле мой аповед будаваўся на дыялогах. „Гэта не проза — гэта драматургія“, — паведамляла мая падсвядомасць. „Ну дык падкідвай розных інтэр’ераў. І роздумамаў дадай у маю закасцянелую мазгаўню“, — запатрабаваў я. Адразу інтэр’ер заварушыўся, выцягнуў лапы, памасіраваў імі рыпучую падлогу. Мы апынуліся ў маёй пісьменніцкай кватэры ў Берліне.

— Жыву ў пісьменніцкай кватэры, — азіраючыся сказаў я. — Калі я сюды заехаў, мне спадабаліся вялікі стол і скураное крэсла, якое, дарэчы, уразіла і маю дачку, і таму цяпер мы сядзім на ім па чарзе. І кожны з нас паўтарае: „З майго месца як з сырога цеста!“ Да мяне тут жыла процьма творчых людзей. Я ведаю толькі пра аднаго з іх — пра энтамолага Уладзіміра Набокава. Бачыў яго пару разоў у снах. Першы раз сасніў Набокава з чырвоным віном, другі раз — на прэзідэнцкім прыёме, дзе ён зачытваў кароткі тэкст пра сваю эміграцыю.

Алесь каўтнуў віна і спытаў:

— Я сяджу на гэтым крэсле?

Крэсла выкаціла знізу жалезнае вока, паміргала ім, выпрастала са спінкі пластыкавы рот і прашамкала:

— Старэча, хіба не бачыш сам? Ці вочы заліў віскі? Прамый іх вадой!..

Алесь устаў і адышоў ад крэсла, якое працягвала:

— А ты што стаіш — як ні рыба ні мяса? — я зразумеў, што гэта да мяне. — Заснуў?

— Дарэчы, — адгукнуўся я. — Сасніў на днях, што перасякаў лінію фронту. Ды як — пералятаў!.. З калегам мы трымаліся за крылы аэраплана — без усялякіх страховачных рамянёў. І мне здавалася, што пералёт цягнуўся ўсю ноч. Потым я апынуўся ў Менску. І тут я зразумеў, што ў маім роце стаяць чужыя адбеленыя зубы, скрадзеныя ў маладой беларускай спявачкі. І таму я стараўся не трапіць на вочы ўладальніцы зубоў...

Алесь заўважыў:

— Я помню, як ты ў дваццатым годзе заходзіў да мяне са сцягам і ўсміхаўся жоўтымі зубамі. Я тады яшчэ падумаў, што ты дакладна не Ален Дэлон. Я табе прыхаваў падарунак, між іншым, — і Алесь выцягнуў з кішэні штучныя металічныя сківіцы і працягнуў мне.

— Бяры — карыстайся на здароўе, — сказаў ён. — Гэтыя не пажаўцеюць — нержавейка.

Я падзякаваў за сківіцы і сказаў:

— Так, Алесь, было такое. Я тады набыў праз інтэрнэт цудоўны бел-чырвона-белы сцяг, сімвал беларускай свабоды, і хадзіў, закруціўшыся ў яго, нібы ў плашч супергероя. Вакол роў шматтысячны натоўп. Грукаталі барабаны. Мне тады здавалася, што ў мяне на галаве выраслі антэны, а на спіне — турбіны. І свабода трымцела ў нашых руках!

З кішэні прашчоўкалі сківіцы:

— Мані давай больш, змагар.

Была поўная разбалансіроўка галавы. Думкі вязлі, як мяса ў зубах. Усе гэтыя сустрэчы здаваліся сцэнамі з тэатральнай пастаноўкі. Аўтар смактаў палец. Крабы і бананы, двухаблічныя Янусы казыталі мае закарузлыя пяткі. Я падазраваў, што гэта адгалоскі выдавецкага тэрору. Я ўяўляў знясіленых пасінелых юрыстаў, якія ўсё яшчэ намагаліся адправіць тоны кніг на макулатуру. Яны ўпрэгліся замест коней у вазы і цягнулі на іх, знясіленыя і пасінелыя, купы забароненай літаратуры. Мроіліся мне і мёртвыя выдаўцы, якія ляжалі ўздоўж той дарогі.

З кішэні я чуў:

— Хачу запечаных дранікаў. Залацістых і храбусткіх.

18.

Згадаўся Слай — тусоўшчык і дызайнер... Слай шмат разоў запрашаў да сябе ў госці ў Кракаў, каб выпіць разам самбуку. Італьянскі лікёр я дагэтуль так і не пакаштаваў. Цяпер Слай, мабыць, сказаў бы, што ўсе дарогі вядуць у Берлін на плошчу Аляксандрпляц. Мы, вядома, з ім тут і сустрэліся б. Але Слай летась нечакана памёр. Што з ім сталася, для мяне і цяпер загадка.

Тунэль раздвойваўся. І здаецца, гэта Слай павітаўся і пабег управа, я пайшоў улева...

19.

Балота. Купіны, трава. Я знайшоў палку і спрабаваў на яе абапірацца. Пад нагамі чвякала. Ногі прамоклі. Крумкалі жабы.

Голас курдупеля з-за спіны:

— Мне думалася, што свет развальваўся й гарэў. Агонь ахопліваў усё новыя і новыя гарады і краіны. Толькі Берлін стаяў у цэнтры вогнішча і прадзіраўся скрозь натоўп гэтых ашалелых гарадоў.

Я таксама падзяліўся з курдупелем:

— Аднойчы ўвечары я абыходзіў карчму за карчмой. Вуліцу за вуліцай. Рухаўся без канкрэтнага маршруту — як кажуць, куды крывая дарожка прывядзе. Мне здавалася, што я ператварыўся ў шчупака. Валасы серабрыліся лускай, а ногі хісталіся плаўнікамі. Дый паветра я засмоктваў, нібы рыбіна без вады. Я куляў келіх віскі і супакойваўся. Плыў далей. Ай...

Я мацюкнуўся, бо няўдала ступіў і праваліўся па калена ў халодную ваду.

Курдупель мне дапамог, і я выбраўся на траву.

Наперадзе стаяў „Масквіч-412", але калі мы наблізіліся, зразумелі, што гэта вялікая раздзьмутая малочнага колеру жаба, якая надрывалася і старалася згадаць песню:

— Касіў Ясь канюшыну, — выводзіла жаба. — Паглядаў на дзяўчыну...

Мы з курдупелем пераглянуліся.

Курдупель раптам стаў празрыстым, як лёд, я дакрануўся да яго палкай — і ён заверашчаў, пасыпаўся ледзяшамі.

Жаба скончыла згадваць песню, языком схапіла пару ледзяшоў і закінула да сябе ў рот, потым паглядзела на мяне жоўтымі вачыма і ласкава так сказала:

— Балота ў нас з журавінамі, брусніцамі... Ягадка да ягадкі. І грыбочкі тут адзін да аднаго. Паветра чыстае, не сапсаванае гарадскім крыкам.

— Мне б адну ягадку, — сказаў я. — Каб у галаве святлей стала.

Жаба рэзка выкінула наперад язык, схапіла мяне за нагу і пачала цягнуць да сябе. Быццам я і быў той самай запаветнай ягадкай. Я адбіваўся палкай, заехаў пару разоў па галаве жабы, але сілы былі відавочна няроўныя. Я апынуўся ў роце, мяне аблізалі, на твар нацягнулі ліпкую плеўку, з вушэй высмакталі серку, паказыталі нос і выплюнулі. Я з разгону трапіў у маленькую бярозку на купіне.

Тут ужо сядзеў змерзлы і мокры курдупель, які сказаў, здавалася, самому сабе:

— У бутэльках плёскалася сонца. Пысы зладзеяў ператвараліся ў барвовых медуз. Сусвет шаптаў пра катастрофу і запрашаў на борт каўчэга. Заплываў за чырвоныя буйкі.

Я зняў з твару кавалак ліпкай плеўкі, сплюнуў:

— Так, сэнс губляўся. Зоркі перакідваліся жартамі. Здавалася, паветра замярзала ў лёд. Вось як ты.

Жаба здалёк крыкнула:

— Ёсць спірт на журавінах. Падыходзьце, дарагія госцікі, — пачастую!

Курдупель паглядзеў на мяне, часта-часта заматаў галавой і замахаў рукамі:

— Лепш у шынок...

— Касацікі, — прахрыпела жаба і раптам пачала выплёўваць жоўць, ад якой падымалася пара. З яе палілося ўсё болей і болей, як з душа. Маленькія жабкі скакалі ў гэты гной і ад задавальнення крумкалі.

Чалавек у берэце выслізнуў з балота — штосьці знаёмае было ў ім, роднае, цёплае — і прашаптаў:

— Гэта дар. Вядома, дар. Я калісьці тут жыў шмат гадоў — потым з’ехаў у горад. Але настальгія засталася, — гэта быў Іван Мележ.

Праляцеў фіялетавы матылёк. Я ўстаў і пайшоў далей. За спінай грымела і скакала агромністая шклянка з кубікамі льду, віскі і колай. Курдупель зноў заледзянеў, пускаў бурбалкі і булькаў пра тое, як смачна яму тут плаваць.

20.

Курдупель забалбатаў:

— І што ж, ці вылеціць птушка на балота? Ці заспявае яна сваю тужлівую песню? Ці закрумкаюць ёй у адказ жабкі? Пакуль зразумела, што ў цэнтры балота пасяліўся Прыхадзень — гэта такі лупавокі шэры вадзянік, які прыйшоў сюды з далёкага мора. Яго аніхто не чакаў і аніхто не клікаў. Ён і не пытаўся. Заваліўся, як быццам да сваёй хаты. І цяпер сядзіць тут, у цэнтры, і толькі пачуе, як нехта закрумкаў, адразу выкідае свой раздвоены даўгі язык, і хапае таго небараку, і глытае.

21.

У тунэлі мне сустрэўся Ярыла Пшанічны. Ён жа Банкер. Ён жа Уладзімер Банько. Столькі імёнаў, што нават захацелася жартам дадаць: „Ён жа — Сонька — Залатая Ручка“. Пра такіх кажуць: чалавек-аркестр. Ярыла займаўся графікай, музыкай, літаратурай і браў удзел у перформансах. З маіх блізкіх сяброў ён памёр адным з першых. Гэта здарылася яшчэ задоўга да майго ад'езду з Беларусі. Смерць была раптоўнай. Тады ў мяне як нешта абарвалася ўнутры — я зразумеў, што з сыходам Ярылы скончылася мая маладосць. Бо разам мы часта хуліганілі, рабілі перформансы, чыталі вершы й напіваліся.

У Ярылы быў шырокі твар, адкрыты позірк, і ён лысеў.

Прыяцель сядзеў на крэсле з півам. Выглядаў ён за моцнага хлопца. Ягоны твар упрыгожвала трохдзённая шчэць, тым не менш гэта не хавала чырвань шчок, якія гарэлі ярка. Сябра відавочна злоўжываў алкаголем і, мяркуючы па выглядзе, выпіў сёння ўжо дастаткова.

І ў гэты момант я пачуў, як заныў мой унутраны голас: „Ну, і што ты з прыяцеля робіш алкаша? Забыўся, колькі ён усім дапамагаў? Ярыла — светлая душа. Музычныя трэкі рабіў для перформансаў, пісаў незабыўныя артыкулы для газеты „Навінкі“. Згадай, як дываналіт разам клалі ў майстэрні. Забыў?“

Ярыла кінуў на мяне мутны позірк, адпіў піва:

— Памятаеш, як мы тусілі на складзе ў Шатэрніка? У доме побач з Акадэміяй мастацтваў... Я тады нагадваў гарніста, толькі замест горна трымаў пляшку чырвонага грузінскага.

Я нагадаў:

— А як дываналіт у маёй майстэрні клалі, памятаеш?

— Дываналіт?! — здзівіўся Ярыла. — Дываналіт сапраўды быў. І потым мы апрыходавалі цудоўную бутэлечку!..

— Ты давай канчай, — сказаў я. — Што з таго алкаголю возьмеш... Не будзем у алканаўтаў ператварацца. Давай згадаем перформанс „Норд Ост“, які мы ладзілі ў парку Чалюскінцаў...

— Так, памятаю, — сказаў расцягваючы словы Ярыла. — І перад перформансам мы зайшлі ў краму і пабачылі гарэлку з такой самай назвай! І мы тады набылі некалькі пляшачак!..

Я сумна ўздыхнуў.

— Былі ж напраўдзе часы. Віно і піва гучалі мелодыяй ветру. Гэх-гэх, — сказаў Ярыла і таксама ўздыхнуў. — А зараз ідзе не ў тое горла…

З'явілася ерыхонская труба.

— Як ты зразумеў, што яна ерыхонская? — спытаў спалоханы Ярыла.

— Гэта — дзясятае патаемнае пачуццё, — патлумачыў я.

Перад вачыма бегалі залатыя кнопкі. І тут распачалося!.. Загрукатала, зверху сталі падаць камяні, мы заткнулі вушы.

— Чуеш? — сказаў я Пшанічнаму. — Ерыхонская, сволач!..

Потым я прасіпеў скрозь шум, што „мы заказвалі горла — не трубу". Адразу замест інструмента з'явілася вялікае горла і адрыгнула: „Упс".

— Гэта што, ненаеднае горла? — спытаў Ярыла.

— Быццам так, — пацвердзіў я. — Як яно павінна выглядаць і жэрці, я не ведаю.

Калі быць дакладным, перад вачыма скакаў пунсовы кадык. Бо само горла разгледзець не атрымлівалася: яно было затканае ў марыва. І што тут пачалося!.. У паветры з ніадкуль з'яўляліся бутэлькі самых розных памераў і колераў, самастойна адкаркоўваліся і вылівалі сваё змесціва ў гэтае бяздоннае горла.

— Вось як жарэ — ужо бачу, — пагадзіўся я. — Няхай пакайфуе трошкі.

— Паглядзі, — прастагнаў Ярыла. — Пачатак горла ёсць. Здаецца, нават магу разгледзець вушы і хобат. Чамусьці нагадвае маленькага слана. Вось дзе яно канчаецца, зразумець не магу.

— На тое яно і ненажэрнае, каб яго нельга было разгледзець, — патлумачыў я.

— І я таксама пакаштаваў бы тое-сёе, — зноў прастагнаў Ярыла. — Напрыклад, той напой вельмі спакушальны, — Ярыла паказаў на французскі каньяк, які выліваўся ў ненаедную пашчу.

— Гэта не горла, — сказаў я. — Гэта нейкі паскудны фазан.

Ярыла пырснуў смехам. Яшчэ больш пачырванеў, правёў рукой па твары:

— Ды жонка ўжо выдрэсіравала нашага фазана, як спартовага поні.

Мы зарагаталі.

З'явіліся два фазаны і поні.

Маленькая фазаніха ганялася за самцом. Прычым уцякаў поні, на якім і сядзеў фазан-самец.

— Скажы, сябра, ці можна перамагчы смерць?

Ярыла зарагатаў:

— Для гэтага патрэбны трохлітровы слоік. Туды трэба дробна накрышыць агуркоў і часнаку. Потым засыпаць дзвесце грамаў пялёсткаў сакуры, дзвесце грамаў коркі граната. Пакласці аднаго алавянага салдаціка — не больш. Абавязкова патрэбныя штучныя сківіцы — іх таксама трэба запхнуць у слоік. Заліць грамаў сто рому і тэкілы. Самае важнае — соплі цмока — без іх не спрацуе! І дазаліць цёмным півам. Потым гэтую вадкасць варта паставіць настойвацца на пяць дзён у цёмнае месца.

Я сказаў:

— Пачакай — я запішу.

Ярыла зноў зарагатаў:

— Забудзь пра тое, што я казаў. Усё значна прасцей: трэба прыгатаваць чахахбілі з фазана. Гэта грузінская нацыянальная страва, якая ўзнікла дзякуючы культу шанавання фазана. Увасабленне жыцця і шчасця. Лічылася, што мяса птушкі давала чалавеку жыццёвыя сілы, было здатнае ўзнагародзіць яго бессмяротнасцю. Згодна з легендай, фазан з'яўляўся галоўным падарункам старажытнай грузінскай багіні лесу Далі, якая дарыла яго сваім абраннікам у знак вечнай любові і адданасці.

Каля нас з'явіўся падазроны смярдзючы трохлітровы слоік. Я баяўся яго разглядаць, бо мне падалося, што ў ім плавалі белыя сківіцы.

— І што далей? — здзівіўся я.

— Настой прымаюць тры разы на дзень перад ежай па сталовай лыжцы. Пра вечнае жыццё не ведаю, але настрой паляпшае, — сказаў Ярыла.

— Можа, спынімся на чахахбілі? — спытаў я.

Падляцеў калматы фазан і звярнуўся да мяне:

— Ты, селядзец, будзеш са мной размаўляць?

Я адказаў:

— Я з хвастатымі не размаўляю.

Птушка не паверыла:

— У сэнсе? Сам клікаў.

Я паўтарыў:

— Не хачу весці з табой гаворку. Бо ты здань.

Фазан заўважыў:

— Я не ведаў пра тое. Ну як хочаш.

Я дадаў:

— Дык я і не спадзяваўся. На халеры ты мне патрэбны?

Птушка на развітанне паведаміла:

— Шкада. Ну я паляцеў. А я хацеў табе чароўную

цукерку падарыць са смакам маракуі. Але ж ты сам рашэнне прыняў. Пакуль-пакуль.

За спінай забурчаў Ярыла:

— Безаблічныя людзі маўчалі і слухалі свае думкі: „Сюды занесла? Сюды трапілі? Як мы выгадавалі гэтую вусатую пачварыну?“ Старыя колы грукаталі. Перагукаліся вагоны. З рук, што трымаліся за матавыя парэнчы, складвалася лесвіца, якая цягнулася праз увесь цягнік. І злавесныя думкі вышывалі: „Хунта. Хунта!.. Каска сплюсоўвалася з аўтаматам і калючым дротам, і крывіўся прагны рот гвалтаўніка. Неадукаваны кат плюсаваўся з танкам — і вось ужо з яйка вылузвалася варанае вока“.

У гэтым фантастычным свеце страх з мяне выкочваўся марудна, як цыгарэтны дым. Я рухаўся, і мае эмоцыі замарудзіліся і аслеплі. Узбуджаны розум глытаў фантазіі, як дэсерт. Я не крычаў. І асабліва не супраціўляўся. Я атрымліваў кайф ад сустрэч са страчанымі сябрамі і стараўся адаптавацца да шалёнай рэчаіснасці.

22.

Я вандраваў — сустракаліся бясконцыя кабінеты, спартовыя залы, пералескі, паляны, дзіцячыя пляцоўкі... Жукі гулялі ў гольф... Часам я апынаўся на скрыжаваннях, тады даводзілася выбіраць, куды рухацца.

Калі ж гэта скончыцца? Як выйсці? Як пакінуць? Як збегчы? Як падскочыць? Як злезці? Як разламаць? Здавалася, я напампаваны вар'яцтвам, якое лілося наўпрост праз вушы, нос, рот, вочы. Яно плюхалася на далоні цестам, і я ляпіў з яго сяброў, аблокі, дрэвы, тарты, масты, рэкі, караблі.

І раптам я выйшаў у дзіўнае месца, дзе раслі вялікія кактусы. Калючыя гіганты выгіналіся літарамі, варушылі голкамі. Было тут спякотна, і ў галаве нахабна разлівалася думка пра тэкілу. Я нервова сцягнуў куртку. Праз пэўны час я заўважыў незнаёмца, які стаяў і трошкі хістаўся. Выглядаў ён афіцыйна, бо быў у чорным гарнітуры, белай кашулі, гальштуку і лакіраваных чорных туфлях, у руках — скураны партфель. Я павітаўся з ім:

— Добры дзень!

Незнаёмец скрывіўся і выплюнуў:

— Добры!

Гэта мне не спадабалася. У знешнасці незнаёмца чыталася штосьці непрыемнае. Прыгледзеўшыся, я зразумеў, што ён п'яны. Я тады вырашыў, што не буду з ім размаўляць і збіраўся рухацца далей, але пачуў:

— Ты памяняў свой пратэрмінаваны пашпарт?

Я здзівіўся — адкуль ён ведае?

— Трэба ж ехаць на бацькаўшчыну, — заўважыў я. — Бо ў беларускіх амбасадах за мяжой цяпер пратэрмінаваныя дакументы не замяняюць.

Незнаёмец злосна зарагатаў. Я заўважыў, што па ягоным партфелі пабеглі зморшчыны, якія нагадвалі мікраскапічных людзей. І здавалася, што яны цягнуць блішчастыя бітоны.

— Магу пасадзейнічаць з паездкай на радзіму, — сказаў ён.

— А вы хто? — з падазрэннем запытаўся я.

— Можаш звяртацца да мяне Іван Іванавіч. Я — беларускі амбасадар, — з апломбам паведаміў Іван Іванавіч.

Я прыгледзеўся да гэтага амбасадара. Плоскі твар нагадваў расплюшчанае цеста, у цэнтр якога невядомы чараўнік кінуў пару маленькіх зялёных яблыкаў.

— Іван Іванавіч, я б вас паслаў куды падалей — выхаванне не дазваляе, — прызнаўся я.

Амбасадар тым часам увайшоў у кураж, бо нечакана заявіў:

— Я выпіў рому з колай. І здаецца, трошку адпусціла. Зараз пачну лаяцца трохпавярховым матам. Ну гэта ж зусім не ў тваім духу, скажаце вы. Ты ж таксама выхаваны чалавек. Блядзь! Калісьці ж трэба пачынаць. Вось зараз і выцягну на паверхню хулігана. Бо колькі можна быць інтэлігентным амбасадарам?!! Як не паслаць усіх на хуй, паслухаўшы навіны з радзімы? Адзін гандон дасылае мне каманды. Хунта! Хуета! Ёбаная хунта пануе ў маім доме. А ты, блядзь, інтэлігент?!! Які ты, на хуй, інтэлігент?!! Якія тут мне шукаць вобразы?!! Тут, блядзь, трэба крыць трох’ярусным у жопу матам. Тут трэба браць урокі прыгожага маўлення ў вулічнай шпаны. Хаця, блядзь, дзе гэтая шпана? Яна, ёбаны карась, даўно сядзіць у мянтоўцы ў пагонах. Вы чулі, як размаўляюць з маімі затрыманымі суайчыннікамі?!! Так, вулічныя гопнікі начапілі форму і дрэсіруюць нас!..

Пасля такой шчырасці я разгубіўся.

Амбасадар Іван Іванавіч не супакойваўся і крычаў:

— Гэта гісторыя пачалася з таго, што я перамог монстра! Гэтым монстрам быў я сам! Я сабе сказаў, што заўтра не буду піць, і гэта была маленькая перамога. Мяне кідала ў халодны пот, але я, як сапраўдны гладыятар, трымаўся!.. Што са мной сталася?!! Як я ператварыўся ў тое, чым цяпер ёсць?!! Навошта і што будзе далей?!!

Курдупель з-за спіны заўважыў:

— Нельга мяшаць піва з гарэлкай.

Амбасадар працягваў прызнанні:

— Я не выбіраў Берлін. Берлін выбраў мяне. Тут жывуць тысячы людзей. Я п'яніца, не здольны ні на што. Я гатовы напіцца і забыцца. Я, вядома, утрырую, бо я хачу такім быць. Надакучыла!!!

Курдупель з павагай:

— Амбасадар.

Амбасадар Іван Іванавіч працягваў:

— Каб зразумець дно, трэба туды хоць раз упасці. Учора я вывучаў Берлін — я піў, дзе толькі гэта магчыма, — я абыходзіў рэстарацыі, бары і напіваўся, як сволач. Мне здаецца, што ў некаторыя месцы я трапіў двойчы, бо на мяне не тое што глядзелі крыва — мяне адмаўляліся абслугоўваць. „Дык навошта ты гэта рабіў?" — запытаецеся вы. Цалкам натуральнае пытанне. Я выпусціў джына, і ён мяне ўзняў на гару свабоды. Мы заўсёды баімся выпускаць джынаў, бо гэта страшна. Нас могуць не зразумець. І са мной было амаль так. Разоў пяць мяне ледзь не забралі ў паліцыю, але ж я недатыкальная асоба. Амбасадар. І кожны раз мяне гэта выратоўвала. Мая свабода мяне выратоўвала. Я казаў на кепскай нямецкай, што амбасадар, і мяне не чапалі.

Я зразумеў адну важную рэч, — і тут амбасадар усміхнуўся. — Я хуліган. І такім быў заўсёды. Я люблю пабіцца. Я адчуваю ад гэтага эстэтычны і маральны кайф. І гэта ідзе з дзяцінства. Я згадваю, як біўся першага верасня ў шостым класе. Мы стаялі ў белых кашулях. Вакол нас — чалавек дваццаць, і ўсе адсочваюць правілы бойкі. Быў прынцып — ляжачага не б'юць. Упаў — усё скончана. Альбо да першай крыві. Белая кашуля — чырвоны холад. Так гэта было.

Да чаго я гэта ўсё згадваю? Немцы — вельмі выхаваныя людзі, я — не. І мне ад гэтага сорамна перад імі. Я недароблены воін, хлопец, выхаваны вуліцай.

Чаму людзі падманваюць адно аднаго? Банальнае пытанне, і магчымы толькі банальны адказ. Можа, мы гадуем нянавісць? Памятаю маскоўкі выраз: „Чалавек чалавеку воўк". Хочацца верыць, што так не заўсёды ў жыцці.

Я паглядзеў на Іван Іванавіча і таксама падзяліўся з ім:

— Я думаў напісаць у гэтай кніжцы, што не хачу падымаць важныя пытанні. І гэта было б хлуснёй. Я хачу пра іх казаць, але я іх баюся. Я не палітык, я не касманаўт. Чым я лепшы за іншых, каб мець адвагу пра іх казаць? Я не лепшы — я горшы. Можа, таму мне і варта паразважаць?

Курдупель замармытаў:

— У дзяцінстве мне даводзілі, што Савецкі Саюз — найлепшая краіна на свеце. Дзе гэты Саюз і дзе гэтая краіна цяпер? Дзе савецкія танкі? Іржой усё пакрылася.

Ад слоў курдупеля мне стала халодна — па спіне нібы хадзілі нябачныя ліліпуты і каноліся голкамі.

Курдупель тэатральна закрычаў:

— Я — за ўзброенае паўстанне на радзіме!!! Трэба пусціць кроў! Многа крыві! Іншага рашэння няма! Альбо адпраўляемся да расіян у рабства!

Амбасадар заўважыў курдупелю:

— Ну ты разышоўся, даражэнькі...

Курдупель крычаў:

— Імперыя паглынае беларускі калгас!!! Я нядаўна наслухаўся рускіх прапагандыстаў і ператварыўся ў зомбі! Што са мной сталася?!! Гэтыя сукі даводзілі, што рускі свет — самы вялікі на планеце Зямля. Хлусня! Пачытайце раман Віктара Ерафеева „Вялікі гопнік“. І вы зразумееце, што рускі свет не ваш! Я за рускі свет з Дастаеўскім, Набокавым, Пастарнакам і Даўлатавым! Час імперый адышоў у нябыт! Напампуем мазгі паэзіяй і будзем чытаць!

Амбасадар ікнуў і паведаміў:

— Якія немкі прыгожыя. Яны ж караблі ў гэтым неабсяжным моры...

Курдупель з сарказмам заўважыў:

— У маўзалей да Леніна занясіце нашчадка.

У гэты момант з усіх бакоў да нас пачалі падбягаць гномы, якія крычалі:

— Як вас завуць?!! Як вас завуць?!! Як вас завуць?!!

Я спалохаўся. Нават амбасадар заткнуўся і вылупіў ад здзіўлення вочы.

Курдупель заўважыў:

— Іван Іванавіч, гэта не гномы, гэта вавёркі да вас прыйшлі.

Іван Іванавіч прамармытаў:

— Іншульдуген...

Адзін з гномаў сеў насупраць нас і гучна сказаў:

— Я прыгледзеўся і запытаўся ў сонца, у лесу, у рэк — ці любіце вы свайго правадыра?

Курдупель сказаў:

— І тут я зразумеў адну важную рэч. Мова адна — мова чалавека. І з гэтай нагоды я зноў напіўся...

— Скажы, — запытаўся ў мяне гном, — ты напісаў оду свайму цару?

Я здзівіўся:

— Не.

Курдупель дадаў:

— І цар не будзе шукаць глыбінны сэнс у промнях сонца. Чаму ў Генрыха Бёля ў творы „Цягнік прыйдзе па раскладзе" бутэлькі ў вагоне гэтак моцна грукаюць?

Курдупель вытрываў паўзу і зрабіў выснову:

— Моц слова.

Амбасадар ікнуў і працягнуў:

— Ром — гэта загадка. Я зноў і зноў напіваюся, каб даўмецца пра сэнс свайго існавання. Блядзь, якія пафасныя словы, сука. Блядзь, зараза. Мне трэба напіцца, каб чарговым разам зразумець смак рому. Бо ён быў непаўторны і загадкавы. І як нам зразумець яго сэнс? Навошта гэты пафас? Будзем аб'ектыўнымі — я люблю ром. Але ж як правільна змяшаць колу з ромам? Як?!! Бо гэта павінна быць смачна. Я — за чорны ром і за светлыя словы.

Я пагадзіўся:

— Я вас вельмі разумею. Нядаўна я гуляў па лесе і падумаў, што зараз памру. Я глядзеў на дрэвы і разважаў пра марнасць свайго існавання. І мне нечакана стала вельмі добра. Ты глядзіш на неба і разумееш, што ўсё хутка скончыцца. У такія імгненні хочацца памерці. І ў той момант я падумаў: „Гэта было б найлепшым, што магло мяне напаткаць у гэтым жыцці".

Курдупель засмяяўся:

— Далей здарылася наступнае. Спружыністым крокам з лесу выйшаў савецкі маёр. Ён быў непрыгожым чалавекам — чырвоным і тлустым. І ўвогуле ён быў гаўнюком. Маёру было гадоў сорак. Звалі яго, зразумела, Лёха. Ці Ганс? Не — Лёха. Маёр учора нажорся як свіння, і ў яго быў страшэнны бадун. Ці бывае бадун страшэнным? Бадун і ёсць бадун. Страшны сам па сабе. Вернемся да маёра. Ён прысеў на корч і заўважыў, што яго форма брудная і абрыганая. Лёха сплюнуў і сказаў: „Бадун Бадуновіч, ідзі спаць“. А яму адказвае з дупла дзяцел: „Ты ж афіцэр савецкай арміі. І ты ўчора наведваў банкет у вярхоўнага. Вазьмі сябе ў рукі“. Маёра Лёху званітавала. Дарэчы, у яго былі вялікія чорныя бровы, і абазнаныя сказалі б „брэжнеўскія“. Яны нагадвалі поўсць мядзведзя. Пальцы ў маёра з бадуна дрыжэлі. І тут маёр раптам згадаў, што ў п’яным экстазе забіў свайго начальніка. Ён выцягнуў маленькае люстэрка, паглядзеўся ў яго і цыкнуў: „На хуй“.

Курдупель зірнуў на мяне і запытаўся:

— Цяпер скажы — навошта ты пачаў пісаць паэтычныя кнігі?

Я здзівіўся, але адказаў:

— У юнацтве я аніколі не пісаў вершаў. Існуе думка, што паэты праз пэўны час пачынаюць пісаць прозу. І гэта заўсёды называюць прозай паэта. Але мой выпадак іншы. Я празаік, які раптам пачаў рыфмаваць. Я пісаў прозу і потым захапіўся паэзіяй. У чацвёртым класе я напісаў сваё першае апавяданне пад назвай „Рабаванне“. Ці лічу я сябе паэтам? Я лічу сябе ідыётам, які звязаўся з літаратурай. Нікому не рэкамендую лезці ў пісьменства: гэта няўдзячная справа. Даруйце, калегі, я расчараваўся. Я думаю, тут засталіся толькі ідыёты і шызафрэнікі. Можаце мяне павітаць. Я першы і другі — у адным флаконе. Дарэчы, першы свой верш я напісаў, калі мне споўніўся дваццаць адзін год. Гэта была нейкая закаханая хрэнь.

Курдупель і амбасадар засмяяліся.

Раптам з партфеля Івана Іванавіча вылез фіялетавы гном, які засакатаў:

— Ці вернуцца на радзіму выгнаннікі? Ці здабудуць яны волю для сваіх пачуццяў, каб збудаваць светлы шлях у родным, пакінутым краі? Што будзе для іх узнагародай сярод цёмных і пакутлівых хмар? І спевы душы — ці вырвуцца яны на паверхню?

23.

Часам тунэль нагадваў па форме трубу грамафона, і нават здавалася, што выдзімаецца музыка. Памяшканні змяняліся, нібы ў дзіцячым калейдаскопе. Сустракаліся водаправодныя трубы і ацяпляльныя батарэі, што сядзелі па сценах карычневымі жукамі. Яркае святло перамяжоўвалася з паўзмрокам вугальных шахтаў.

24.

Курдупель знік. Гэта было ў ягоным стылі.

Я апынуўся ў вялізным памяшканні. Тут лёталі светлякі, і ў цэнтры стаяў знаёмы сантэхнік з двухметровай бруднай трубой. У гэты момант ён нагадваў вайскоўца з базукай.

— Што здарылася? — пацікавіўся я.

— Аварыя, — са скрухай адказаў сантэхнік. — Тут усё даўно згніло.

— Спачуваю, — сказаў я. — Атрымаецца адрамантаваць?

— Ды куды яно падзенецца? — адгукнуўся сантэхнік. — Пераможам гэту гнілую гідру.

Вакол валялася шмат смецця. Я заўважыў драўляную скрыню і прысеў на яе. Мне згадаўся нядаўні аповед курдупеля пра савецкага маёра.

— Служыў? — запытаўся я.

— Так точна! — брава адказаў сантэхнік і тэатральна выцягнуўся. — Люблю войска! Гатовы служыць! — Пасля гэтага сантэхнік засмяяўся, паказваючы карыесныя зубы, і заўважыў:

— Засумаваў я па службе. Вось і крыўляюся.

Я прызнаўся:

— Я вырас у сям'і вайсковага інжынера, таму цалкам цябе разумею.

І тут я адчуў, як штосьці заварушылася пада мной. Я спалохаўся і ўскочыў. Скрыня перакулілася — пад ёй сядзеў маленькі чалавек. Незнаёмец быў у форме маёра.

— Слухаю я вас і здзіўляюся, — сказаў чалавечак. — Дзеткі вы мае... Салажаты.

— Не зусім, — запярэчыў сантэхнік. — Я адслужыў у сапёрнай брыгадзе, таму і пайшоў у сантэхнікі. Бо сантэхнік — гэта амаль сапёр! Там я закладваў супрацьтанкавую міну, а тут закопваю чыгунную трубу — рамантыка.

Я падумаў, што маленькі чалавечак выглядае плюшавым. Ці дакладней — плюшавым маёрам. Гэтая думка мне вельмі спадабалася. Я нават пачаў самому сабе ўсміхацца. У плюшавага маёра замест вачэй свяціліся дзве злыя чорныя фасоліны. Пад носам рос шэры пух.

Плюшавы маёр раптам закрычаў сантэхніку:

— Радавы, як стаіш перад старшым па званні?!!

Сантэхнік зноў выцягнуўся і адрапартаваў:

— Вінаваты, таварыш маёр!

— Ты навошта чыгуновыя трубы цягаеш? Пластык трэба ставіць, — заўважыў плюшавы маёр.

Я пагадзіўся:

— Сапраўды. Чыгун ужо даўно не актуальны.

Сантэхнік падышоў да сцяны і пачаў грымець інструментам, затым павярнуўся да мяне і ўдакладніў:

— Міна — гэта выбуховая прылада. І труба таксама!

Я згадаў:

— У дзяцінстве я глядзеў з захапленнем ваенныя фільмы. Мне падабаліся мундзіры і барабаны. Я цаніў дысцыпліну і спорт, любіў парады.

Сантэхнік крыкнуў і памахаў трубой:

— Пуля — дура! Штык — молодец!

Плюшавы маёр павучаў:

— Правільна разумееш тактыку, радавы, — адразу відаць піянерскае выхаванне. Так трымаць!

Я дадаў:

—Нас у савецкім дзяцінстве псіхалагічна рыхтавалі да дысцыпліны, да служэння партыі: гальштукі, форма, сцяг і абавязковае „Піянер, да барацьбы за справу Камуністычнай партыі Савецкага Саюза будзь гатовы!" — належны адказ: „Заўсёды гатовы!"

Сантэхнік заўважыў:

— Былі часы...

Загрукаталі барабаны. З'явіліся піянеры, якія ганарліва прайшлі каля нас, адсалютавалі маёру і зніклі.

Я працягваў:

— Потым, у шаснаццаць гадоў, я марыў паступіць у Сувораўскае вучылішча. Гэта быў такі крок у кар'еры дзяцей вайскоўцаў. Ад паступлення мяне выратаваў толькі кепскі зрок, які няўмольна пагаршаўся з трэцяга класа. Нават тэрмінова давялося рабіць склерапластыку. Згадваю, як падчас аперацыі лекар мне казаў павярнуць вочы ў той ці іншы бок. Было балюча. Я глядзеў скрозь туман, як корпаюцца ў маіх вачніцах. Успаміны пра тую аперацыю і дагэтуль сядзяць у галаве, як цвік.

У гэты момант сантэхнік пачаў з грукатам прымацоўваць да сцяны трубу.

Пачуўся крык „ура!“. Зноўку — барабаны і сцяг. Прайшоў атрад сувораўцаў, якія адсалютавалі маёру.

— Трубы гучаць — краты́ вурчаць, — адказаў сантэхнік.

Лепш бы сантэхнік не згадваў кратоў. Падслепаватыя звяркі павыпаўзалі на паверхню. Яны пашыхтаваліся. Адзін з іх гыркнуў: „На чарвякоў!“ Атрад прапоўз каля нас. Краты адсалютавалі маёру і зніклі.

— У чым сэнс вайны? — разважаў сантэхнік.

— Тэрыторыі, грошы, улада, — сказаў я. — І вінаватыя ў тым палітыкі.

Нечакана з’явіўся агромністы банан, які сказаў:

— Для ўзурпатараў баталіі — гэта проста батуты, баі гладыятараў — прыгодніцкае кіно, смерць — камп’ютарная гульня. Вінаватыя ў тым атрутныя бананы, якія парушаюць агульную экасістэму. Яны ціхенька прачынаюцца ў страўніку і пачынаюць яго есці.

— Юра, гэта ты? — спытаў я ў банана. Той не адказваў.

Прыбег тоўсты барвовы гном з катрынкай — лялечным тэатрам і сказаў: „Я да вас з гісторыяй“. З гэтымі словамі ён пачаў круціць ручку. Палілася песня: „Яблоки на снегу, розовые на белом“. І адбывалася лялечнае прадстаўленне. Спачатку пасыпаліся ружовыя пацеркі.

Потым выскачыла фігурка на матацыкле. „Гэты лысы — несмяротны ўзурпатар, — тлумачыў гном пра матацыкліста. — Яму нядаўна зрабілі ін’екцыю супраць атлусцення, і ў ходзе лячэння ўзнік пабочны эфект — вечнае жыццё. Народ гуляў усю ноч“. — „Усім скруцім галовы!“ — сказала лялька ўзурпатара. Потым выскачыла тоўстая жанчына з качалкай. „А гэтая, — гном паказаў на жанчыну, — апазіцыя, якая выступае супраць ін’екцый“. Гучалі „Яблоки...“, матацыкліст спрабаваў з’ехаць, а яго качалкай лупцавала жанчына. „Вельмі натхняльная гісторыя“, — прызнаўся я гному.

Сантэхнік сказаў плюшаваму маёру:

— Нядаўна ў гістарычным музеі я нагледзеў цудоўную карабельную гармату, што страляе ядрамі. Хацелася б з яе пацэліць у ворага пару разоў...

Банан запярэчыў:

— У мяне з’явілася нянавісць да смерці. Адкажы, катрыншчык, мастацтва памерла?

Гном аблізаў вусны і ўпэўнена адказаў:

— Тут і сумненняў няма, банан. Паўсюль нябожчыкі.

Плюшавы маёр падскочыў да банана і пачаў яго паядаць. Банан заўсміхаўся і зашаптаў: „Які кайф. Я нарэшце знікаю“. Я развітаўся: „Бывай, Юра“. У гэты раз я ўжо не моцна хваляваўся, бо быў упэўнены, што прыяцель зноў паўстане з небыцця.

Маёр даеў банан і сказаў:

— Я чуў ад палкоўніка, што па вогненным полі часу дзікімі коньмі гарцавалі „кухарскія танкі“. Салдаты перакручваліся на мясны фарш. Штодзень генералы гатавалі катлеты пад соусам з узнагарод і грамат, з салодкім перцам успамінаў, з часныком лозунгаў, з размарынам-прысягай. Было смачна.

І тут зарагатаў сантэхнік:

— Злавіў! — Ён прадэманстраваў вялікага жывога шчупака, які трымцеў у ягоных брудных руках. — Захрас бедачына. У тутэйшых трубах завялася рыба. Вось адкуль аварыя.

25.

Я зваліўся ў гіганцкі „Кіеўскі" торт. Гэта адбылося мімаволі. Я адчыніў новыя дзверы, рашуча ўвайшоў і з разгону паляцеў уніз. Трапіў нагамі ў шакаладны крэм. Захрумсцела корка, і я апусціўся ў торт па пояс. Пахла цукатамі і фундуком. Побач цялёпкаўся паэт Ярыла Пшанічны, які быў злосным і чорным ад шакаладу. Каму ж спадабаецца плаваць у торце?

Пшанічны прароў:

— Мой беларускі прэзідэнт — хто гэта? Га? Я вас пытаю — хто?!! І я вам адкажу — а вы бачылі ягоныя рукі?!! Ягоныя вялікія жоўтыя рукі?!!

З гэтымі словамі Ярыла вылавіў цукат і пачаў шумна есці.

— Можа, ён рукамі трапіў у штосьці жоўтае? Напрыклад, у жэлацінку? — дапусціў я.

Я падумаў, што гэты свет, як і рэальны, будуецца з маіх страхаў. Я згадаў, што некалькі хвілін таму міжвольна ўяўляў сапсаваны „Кіеўскі" торт. І вось — калі ласка — ён паўстаў ва ўсёй сваёй прыгажосці і манументальнасці. Мяне пераследавалі і раздзіралі страхі. Яны стваралі новую рэчаіснасць. Трэба было неяк запаволіць думкі. Трэба было паспрабаваць зусім не думаць. Магчыма, у гэтым і хавалася маё выратаванне?

Побач вынырнула вусатая акула, якая паглядзела на нас і сіпла заўважыла:

— Цукаты-цукатамі, а шакаладны крэм з мясам мне больш даспадобы, — і шлёпнула ружовымі плаўнікамі.

Ярыла з падазрэннем паглядзеў на акулу і працытаваў свой стары верш:

— Падалей ад імперскіх скацін / вершы еду ламаць у Берлін.

Акула падплыла да Ярылы.

— Імперскую скаціну я магу і не стрываць... — сказала яна.

Ярыла паспрабаваў адплыць і апраўдваўся:

— Я без намёкаў. Гары труна / а / трызна страва / гляджу я / адным вокам / злева / другім / справа.

Ад гэтых слоў драпежніца яшчэ болей ашалела і разлютавана скочыла на Ярылу. Крэм пырснуў у розныя бакі, і акула ў адзін момант заглынула класіка беларускай літаратуры.

Але і з бруха акулы добра было чуваць Ярылу Пшанічнага. Ягоны голас звінеў, нібы цеціва лука:

— Гэты чалавек — маленькі квазіўнук іншапланетніка з цёмнай планеты. Часам я нават думаю, што ён брат-блізнюк адной з рыб фугу. Магчыма, нейкі звар’яцелы лекар зладзіў злачынства — спалучыў небяспечныя гены рыбіны з чалавекам. Гляджу на пажаўцелы фотаздымак з акіянарыума і здзіўляюся вусам гэтай дзіўнай рыбіны. Нібыта нехта нябачны папрацаваў з брытвай. „Глянь! Добрай раніцы, спадар Чарлі Чаплін!“

У акулы ўспушыла бруха, і яна ляжала на цукатах амаль непрытомная.

Ярыла працягваў звінець з бруха:

— Рыба-сабака пагналася за квазіўнукам... І схапіла таго за хвост!.. Мора ўспенілася ад чырвоных і зялёных бурбалак!..

Фундук заўважыў:

— У мяне знаёмы ананас лавіў фарэль на кавалачак чырвонай тканіны. Мне здаецца, што на георгіеўскую стужку можна злавіць сома!

Падхапіў цукат:

— Памятаю адну гісторыю з трыдзявятага царства. Жылі-былі пяць галоў, і аднойчы яны завялі размову пра любімыя стравы. Першая, падобная да кавуна, галава сказала: „Я расціскаю змагароў, вырабляю з іх пліткі шакаладу і потым ем-ем. Да ванітаў“. Другая, пармезанавая, галава пыхкала: „Я люблю свой народ, асабліва некаторых ягоных прадстаўнікоў. Люблю есці беглых. З іх я выробляю шашлык і сардэлькі“. Трэцяя, ліверная, галава прызнавалася: „Мне больш даспадобы прамарынаваныя ў камерах турэмныя шпроты. Яны растаюць у роце“. Чацвёртая, дубовая, галава пярэчыла: „Люблю адбіўныя, вырабленыя з актывістаў. Іх мяса салодкае. Са скальпаў раблю мастацкую экспазіцыю для гасцей з Зімбабвэ“. І толькі пятая, парасячая, галава ў перадсмяротнай агоніі выплёўвала канькі.

Фіялетавы гном выскальваўся і працягваў мне келіх з барвовай вадкасцю і талерку з цытрынавым чызкейкам:

— Частуйцеся. Усё свежае — прыпраўленае мыш'яком.

26.

Ворагі як пірожныя, прыпраўленыя злым перцам і часнаком. І ўсё роўна я намагаюся з’есці гэты дэсерт, і нават часам здаецца, што ён самы смачны. Чаму ж так? З’еў, вядома, не літаральна — у пераносным сэнсе. Знішчыў і адвёў душу? Ці пазбавіўся ад надакучлівай праблемы? Магчыма, сутнасць глыбей? Згадваецца, як у старадаўнія часы людзі з’ядалі сэрца ворага, каб займець ягоную сілу і смеласць.

27.

Я ішоў па калідоры, пакідаючы за сабой салодкія сляды. Наперадзе я заўважыў Слая, які сядзеў за сталом.

— Тут-тук, — сказаў ён.

Я павітаўся з сябрам і сеў на вольнае крэсла.

Слай усміхнуўся, выцягнуў з торбы дзве шклянкі і пляшку віскі, наліў па пяцьдзясят грамаў. Мы чокнуліся.

— Што ж з табой здарылася ў Кракаве? — запытаўся я. — Напэўна, штосьці гідкае? Можа, падзелішся?

— Блямда, — сказаў Слай. — Так, Зміцер, здараюцца сітуацыі. Але сёння гаворка не пра тое. Я прыйшоў паразмаўляць пра твае страхі.

— Давай паспрабуем, — пагадзіўся я.

— Вайна — гэта цётка з касой, якая выйшла пачысціць сваё поле. „Ваў! — крыкне агрэсіўны панк. — Я марыў аб гэтым!“ Жахлівыя словы. Я, — сказаў Слай з паўзай, — з таго пакалення людзей, якія жылі і думалі, што войны — гэта недзе далёка — на іншай планеце. І вось цяпер свет абрынуўся. У Еўропу зноўку прыйшла вялікая вайна.

У гэты момант загучаў бравы марш. Курдупель трымаў на плячы зіхатлівую касу, маршыраваў і рытмічна выкрыкваў дзіўныя фразы:

— Глухі звон! Гук — з ніадкуль! З вінтоўкі нібыта выляталі не кулі — салёныя арэшкі! Ты падкідваў манету ў два еўра — выпадаў не арол — рэшка! Я — белая пешка!

Я ўздыхнуў і пракаментаваў:

— Гэта ў курдупеля такая фішка — усіх палохаць і здзіўляць. Ён чалавек някепскі, калі спіць зубамі да сценкі.

Курдупель з размаху ўтыркнуў касу ў сцяну.

Слай дадаў:

— Блямда. Гэтак можна і заікай стаць. — І потым запытаўся: — Чаму Берлін?

— Так склалася, — адказаў я. — Згадваю новую сустрэчу з гэтым горадам. Вецер церусіў сівыя вусы ў ахоўніка супермаркета і дыхаў кебабам. Машыны поўзалі меланхалічнымі трытонамі. Прыпякала сумнае сонца. Здавалася, што горад на мяне забыўся, але, як высветлілася потым, гэта было не так. Бо пазней нашыя гаворкі з Берлінам цягнуліся да бясконцасці.

Курдупель працягваў маршыраваць і гучна балбатаць:

— Ляцеў медычны цягнік! У вокнах экспрэса ашчыляліся злыя лекары! Бег грукат восені! Улюлюкала! Візгатала! Бразгатала! Відавочна, гагаталі механічныя гусі!

Слай замахаў рукамі на курдупеля:

— Таямнічае выслоўе „курлы-мурлы" сыходзіла ад

мяне з котками, якія жылі на ўскрайку горада. Набягалі хмары, і церусіў дробны дождж. Я вучыўся вымаўляць новыя літары, якія зусім не супадалі з беларускімі. Была ў гэтым гульня, быў і схаваны сэнс.

„Сам с усам“, — гучала ў галаве заклінаннем.

Злосны курдупель пазіраў на мяне нядобрым позіркам. Здавалася, што ягоныя жоўтыя вочы зараз распырскаюцца ад жоўці.

— Ідзі на поўнач, — сказаў я курдупелю. — Не псуй нам настрой.

Слай дадаў:

— Курдупель, ведай з чаго складаецца радасць. Людзі слухалі музыку. Рабіліся энергічныя танцы. Рытмы падхоплівалі аблокі, ластаўкі, і здавалася, што неба ад усмешкі трэсне. Хвалі разбіваліся аб скалы. Далягляд упрыгожвала адзінокая шхуна, і хацелася нясцерпна халоднага морсу. У пакеце ляжалі бутэрброды з дзяцінства — белы хлеб з маслам, пасыпаны цукрам.

На гэтых словах прыяцель раптам ускочыў і пабег у цемрач тунэля.

— Слай, скажы, а што са страхамі? — запытаўся я наўздагон.

Аднекуль здалёк я пачуў:

— Страх паралізаваў пасажыраў у цягніку — яны сталі падобнымі да кансерваваных шпротаў... Алейныя вочы, маўклівасць — супадала з мёртвымі рыбамі... Парэнчы былі бліскучымі відэльцамі... Сядзенні нагадвалі лусты чорнага хлеба... Замест машыніста сядзеў аднавокі рыбалоў, які хрумсцеў рыбнымі чыпсамі... Жвавы бомж ныў: „Падайце на новыя плаўнікі, хвост і жабры“.

28.

У глыбіні душы я спадзяваўся выбрацца ў сапраўдны свет. Я працягваў рухацца наперад. І было прадчуванне важнай сустрэчы. І неўзабаве так яно і сталася. Да мяне выйшаў мастак Захар Кудзін — на ім быў вялікі падарожны рукзак. Я быў вельмі рады бачыць сябра. Апошняя нашая сустрэча адбылася ў Менску на прыёме ў бразільскай амбасадзе. Тады Захар смяяўся і не выглядаў чалавекам, якога накрыла дэпрэсія.

Я пазнаёміўся з Захарам на мастацкім пленэры. Мы тады пару тыдняў жылі ў адным намёце, шмат разам вандравалі па ваколіцах, пісалі карціны, вялі размовы пра мастацтва. Зладзілі сумесны перформанс, падчас якога напаўраспранутыя лупцавалі сябе, не шкадуючы, крапівой і запальвалі паходні. Аднойчы Захар вырашыў зрабіць з баршчэўніку музычны інструмент. Але гэта была кепская ідэя, бо пасля карпатлівай апрацоўкі расліны па ягоных руках пайшлі апёкі. Праўда, мастак з гэтай нагоды толькі жартаваў.

Захар па сваёй сутнасці быў манументалістам. Ён і мысліў маштабна, бо не ўціскаўся ў межы беларускай мастацкай прасторы — ён задыхаўся ад недахопу паветра. Яму былі патрэбныя вялікія залы еўрапейскіх галерэй. Яго захапілі ідэі неўра-мастацтва, якое ён распрацоўваў і прапагандаваў. Сам Захар тлумачыў свой напрамак у мастацтве як аб'ектыўны рэалізм або жывапіс уздзеяння.

Прыяцель падышоў з усмешкай. Белымі зубамі і кучарамі ён нагадваў прыгожанькага галівудскага акцёра.

— Мне падабаецца твой берлінскі раён, — прызнаў-
ся мастак. — Я тут палову гадзіны вёў спрэчку з кеба-
бам наконт соусу. Зрэшты, я прыняў ягоныя аргументы.
Сапраўды, часночны соус для твораў мастацтва — гэта
перспектыўны матэрыял.

— Цікава пачуць аргументы, — сказаў я.

Захар неяк дзіўна на мяне зірнуў і анічога не адказаў.

— Потым праходзіў каля крамы Каўфлянд, — сказаў
Захар. — Пабачыў шмат выхадцаў з Афрыкі, якія пілі і
гучна гаманілі. Я не ўстрымаўся — пачаставаў вясёлых
цемнаскурых хлопцаў півам. Пасядзеў побач з прыем-
ным Мухамедам, пасмакаваў разам з ім піва, паслухаў
мелодыю незнаёмай мовы.

У гэты момант каля нас з'явіўся ўсмешлівы хло-
пец. Ён прадставіўся: „Мухамед“. Потым я заўважыў
у ягоных руках даўгі цяжкі ланцуг, які цягнуўся да
дзвярнога праёма і знікаў у цемрачы... І вось ужо праз
імгненне ў Мухамеда замест ланцуга была жывая змяя,
якая трымцела ад напружання і трымала ротам вінт
двухметровага цацачнага алюмініевага аэраплана.
З Мухамеда ліўся пот; здавалася, ягоныя вены гатовыя
парвацца. Тады ён адкінуў змяю, схапіў самалёт і з дзі-
кім крыкам падняў яго над галавой.

— Так і пачынаецца чыстае мастацтва, — сказаў спа-
койна Захар.

Зарагатаў курдупель, як быццам яго казыталі.

— Вецер раскручваў не толькі лісце — кудлачыў
думкі, — сказаў ён скрозь смех. — Я стаяў на пляцоўцы
для зенітных гармат і пазіраў на горад. Здавалася, што
нябачны велікан пальцамі размінае вялікія хмары, — і
потым пырснуў дождж, як з кулямётаў.

Захар падхапіў тэатральным рэчытатывам:

— Неба расквецілі сполахі зенітак. Дыктатары і заваёўнікі ператвараліся ў камяні. Мой голас гучаў слаба сярод гэтай цемрачы. Я спрабаваў дакрычацца да свайго гледача, але не атрымлівалася. Ноч і навальніца ахутвалі свет.

Тым часам Мухамед сеў і выцягваў з аэраплана бутэлькі. Пакуль Захар і курдупель надрываліся ў красамоўстве, ён смактаў піва.

Курдупель кінуўся на калені, узняў рукі і тэатральна закрычаў:

— Нічога не вернецца! Сыходзяць рэкі й горы, паміраюць кантыненты й планеты! І людзі знікаюць беззваротна! Толькі галасы некаторых з іх застаюцца ў кнігах і фільмах! Толькі фотаздымкі жаўцеюць у альбомах! Толькі кнігі трымаюць нас за рукі! Толькі словы й вецер!!!

Захар нарэшце апусціў свой велізарны рукзак і пачаў у ім капацца. Ён вывудзіў кнігу Артура Шапенгаўэра „Свет як воля і ўяўленне“. Потым разгарнуў яе ў выпадковым месцы і прачытаў:

— Калі хтосьці, вандруючы цэлы дзень, прыбудзе да мэты ўвечары, дык гэтага ўжо дастаткова.

Я падумаў, што гэты падроблены Захар падрыхтаваўся грунтоўна да сустрэчы са мной.

Захар тым часам зноў пачаў корпацца ў заплечніку і выцягнуў філасофскую працу Фрыдрыха Ніцшэ „Так казаў Заратустра“. Ён зноў пачаў гартаць кнігу, прамаўляючы: „Што нам зараз цікавенькага трапіць?“ Нарэшце разгарнуў і прачытаў:

— Чым больш ён імкнецца ўгору, да святла, тым

глыбей упіваюцца карані яго ў зямлю, уніз, у змрок і глыбіню — да зла.

Гэтыя новыя словы ўводзілі ў ступар. Я задумаўся, куды зацягвае мяне тунэль?

Захар пачаў шукаць у заплечніку чарговую кнігу.

Я сказаў:

— Слухай, курдупель, ці ведаеш, што нават дурное слова часам робіць карысную справу — кагосьці можа развесяліць?

Курдупель надзьмуўся і глыбакадумна выдаў:

— Сорам мне нагадвае палахлівых акварыумных рыбак. Падыходзіш да акварыума, пастукаеш — і абавязкова самыя прыгожыя схаваюцца сярод каменьчыкаў і водарасцей.

— Гэта ты да чаго? — здзівіўся я.

Захар выхапіў з заплечніка фаліянт Жан-Поля Сартра „Быццё і нішто“.

— А што тут у нас? — сказаў ён, здавалася, самому сабе.

Ён не паспеў зацытаваць французскага філосафа, бо Мухамед раптам закрычаў на чыстай беларускай мове:

— Змеямі перакручваюцца мае кішкі! Я слухаю моцны подых далёкай Сахары! Я цяпер стаю каля доўгачаканага калодзежа, і мне здаецца, што сцюдзёная вада адказвае: „Вярніся. Вярніся. Трэба спатоліць смагу, як зямля наталяецца расой. Напаткае моц. Будзе з табой сіла“. Выкручваецца дрот. Сонца пячэ нясцерпна. Чыстае мастацтва.

Каб стрымаць шаленства, якое адбывалася вакол, я ўзняў рукі і рэзка выкрыкнуў:

— Ціха!

Здавалася, што прывіды пачулі і ненадоўга заціхлі. Потым прыбег фіялетавы гном, які заскавытаў:

— Ведаеце, дарагія мае, чым адрозніваецца нямецкая сталіца ад беларускай? Менск — халодны й шэры — нібы забітая, выпатрашаная рыбіна, якая з кожным днём спаўзае ў бліскучую бездань дыктатуры. Страх і нянавісць пануюць цяпер у гэтым горадзе. Здаецца, што нават паркавая агароджа тут выкладзена са штыкоў. З Берлінам усё інакш — на ягоным целе шматлікія цягнікі робяць тату. Многа радасці і эмоцый на тварах тутэйшых людзей. Тут таксама хапае праблем. Напрыклад, бяздомныя выглядаюць памежнымі слупкамі, да якіх ніхто не падыходзіць.

Захар заўважыў:

— Некаторыя мастачкі і мастакі ствараюць рэвалюцыю ў жывёльным свеце. Яны малююць пратэсных бегемотаў, катоў, суслікаў, слáноў, крумкачоў, скунсаў. Магчыма, на іх паўплываў афрыканскі дыктатар Бакаса, які ў дзяцінстве замест рук маляваў лапы. Я думаю, тады і нарадзіўся садыст-канцэптуаліст. І ў дарослым узросце мастак-самавук заахвоціўся адрываць рукі ў пластыкавых манекенаў, а потым перайшоў і на людзей.

29.

Я збочыў у адзін са шматлікіх тунэляў і трапіў у маленькі пакойчык, дзе ў закутку знаходзілася агромністая пастка, якая кагосьці злавіла за нагу. Я прыгледзеўся да гэтага гаротнага і пазнаў даўняга прыяцеля — літаратара і журналіста Паўла Лоскутава. У ягоным твары было штосьці ад грэчаскага бога Апалона. Ён сядзеў змрочны, прыціснуты металічным механізмам, не плакаў і не стагнаў. На ім былі акуляры, вышыванка і роўч, упрыгожаны пёрамі. Побач на штыр была насунута сырная тумба, прыяцель адломваў ад яе тлустыя кавалкі і сумна жаваў.

У Пашы выйшлі дзве невялікія самвыдатаўскія кніжкі, напісаныя па-руску, з імі яго і прынялі ў Саюз беларускіх пісьменнікаў, чым ён вельмі ганарыўся. Потым прыяцель надоўга знік, і праз пэўны час я даведаўся, што ён пераехаў жыць у маленькі беларускі гарадок. Дзе ён і памёр заўчасна...

Паша ў маім жыцці з'яўляўся нячаста, але гэтыя візіты былі светлымі і расквечанымі не столькі п'янкамі, колькі магчымасцю патрындзець ні пра што ці выказаць раптоўную важную думку.

Паша засмучана ўсміхнуўся, паказваючы на сыр. Маўляў, мяне пад сырны цугундар і падвялі. Я падышоў, і мы ўдвух наваліліся на клямку, якая трымала нагу. Прыяцель завыў ад болю, выплюнуў рэшткі сыру, клямка загыркала і адпусціла сваю ахвяру.

Я заўважыў:

— Чамусьці я не здзіўлены. Ты заўсёды быў ахвочы да лёгкіх грошай.

Паша падняўся, закульгаў, размінаючы пашкоджаную нагу.

— Гэта паэзія мяне збіла з правільнага шляху, — Паша паказаў кнігу, якая ў яго была з сабой. — Чытаў паэму Маякоўскага „Уладзімір Ільіч Ленін"... Думаў пра ейны ўплыў на творчасць Паўлюка Шукайлы. І рука сама міжволі пацягнулася да сыру!

Злева ад нас сцяна аплыла парафінам і трансфармавалася ў вялікую галаву пацука, якая пагрозліва ашчэрыла зубы. Вусы на пысе звярка тырчэлі маленькімі грабеньчыкамі. Пацучыная галава маўчала, толькі чорныя вочы свяціліся злосна.

— Гэта і ёсць паляўнічы, — патлумачыў Паша. — Ужо некалькі разоў прыходзіў. Нават кнігу пагрыз. Чакаў, калі я засну ці згублю прытомнасць, але не будзе ў яго сёння свята, — з гэтымі словамі Паша шпульнуў кнігу ў пацучыную морду, якая адразу знікла.

— Як табе дыхаецца берлінскім паветрам? — спытаў Паша.

Пасля гэтых слоў вакол пачалі расці грыбы. Прычым толькі два віды — баравікі і мухаморы.

Праз пэўны час утварылася цэлае возера з грыбоў. Мухаморы, здавалася, усміхаліся, а баравікі паказвалі языкі.

— Тут свае правілы, — сказаў я. — Баравікі збіраць у Нямеччыне забаронена — яны занесены ў Чырвоную кнігу. Іх могуць жэрці толькі пацукі, вавёркі, ласі і мядзведзі.

— А мухаморы каму? — спытаў Паша.

— Мухаморы для ўсіх, — дазволіў я.

Паша сарваў адзін грыб, засунуў у рот і пачаў жаваць.

— Смачна, — сказаў ён.

— Ты глядзі, надта не захапляйся, — папярэдзіў я. — Я больш цябе ратаваць не буду.

У гэты момант зверху са столі да нас плюхнуўся курдупель.

— Гэта курдупель, — сказаў я Пашы.

Курдупель надзьмуў шчокі і з важным выглядам заспяваў:

— Я тут быццам сокал! Пазіраю з-за хмар! Дамы, масты, рэкі, вежы, дрэвы, палацы, станцыі, цягнікі, машыны, ровары, людзі — усё здаецца такім дробным і цацачным! Думкі закручваюцца ў спіралі і адскокваюць ад маіх пёраў! Пад крыламі свішча вецер і музыка слоў! Слова рыпіць! Слова гудзе! І можа забіць! „Можа і выратаваць“, — шэпчацца мне. Гаворка менавіта пра патрэбныя словы, якія не знішчаюць — ратуюць!

— Вельмі паэтычная птушка! — усміхнуўся Паша.

Я таксама сарваў мухамор, круціў яго ў руках, а потым прызнаўся:

— Мяне пераследуюць, нават сняцца, перформансы з сасновай труной, якія мы ладзілі са Спецбрыгадай афрыканскіх братоў. Мы тады здзейснілі пэўны прарыў у свядомасці беларускага гледача. Мы неслі на плячах не труну — святло! Некаторыя зразумелі, што мастацтва бывае розным. Сучасныя палітычныя працэсы ў свеце вынеслі шмат бруду...

Курдупель перабіў мяне і закрычаў:

— Сусвет жадае быць пахаваным жыўцом!

Я пагадзіўся:

— Так, пэўна, яно і ёсць. Спачатку яго забальзамуюць пад мумію, а потым пакладуць у дамавіну, якую панясуць тлустыя палітыкі. І пытанне толькі ў тым, ці выпусцяць сусвет на волю, ці закапаюць?

Тут я зразумеў, што мой прыяцель Паша Лоскутаў пачынае чырванець і пакрывацца белымі плямамі — ён відавочна муціраваў. Прыяцель прымаў форму і колер звычайнага мухамора! Потым Пашу раптам пачало моцна выварочваць — ён ванітаваў. З ягонага рота выскоквалі скамечаныя паперкі, на якіх я заўважыў тэксты. Я прачытаў: „Мы выйдзем шчыльнымі радамі“... На другой паперцы размашыста напісалі: „А хто там ідзе, а хто там ідзе / У агромністай такой грамадзе?“

Паша схапіўся за мяне чырвонымі рукамі, яму было кепска — яго трэсла. Я нічога не мог зрабіць для прыяцеля.

Курдупель здзекліва пачаў напяваць:

— Не ведаю, куды ж вецер вандроўкі мяне занясе?!. Не ўяўляю!.. Не прагназую!.. Не супраціўляюся!.. Не адмаўляю!.. Не пярэчу!.. Не злуюся!.. Не кантралюю!.. Лячу!..

Я запытаў у замучанага Пашы:

— Можа, нам пашукаць для цябе піва? Ты ж заўсёды любіў піва, ці я памыляюся?

Паша драўляным голасам адказаў:

— Я заўсёды любіў гарэлку. Піва — гэта для мяне забаўка. Тут, у Нямеччыне, я заўважыў, што піва — адзін з любімых напояў летуценнікаў.

Курдупель запярэчыў:

— І не толькі. Яго ўсе любяць. І я таксама. Чароўныя піўныя глыткі выклікаюць пачуццё вольнасці. П'еш — нібыта плывеш сярод марскіх хваль. Зазвычай у піўных кампаніях шмат непадробленай радасці. Пі-ва...

У гэты момант аднекуль матэрыялізаваўся стол, крэслы і некалькі куфляў з півам.

Мы з курдупелем узялі Пашу пад рукі і паднеслі да стала. Потым нахілілі яго і акуратна залілі ў рот палову пінты.

— Ого, — сказаў Паша аднекуль здалёк. Голас ішоў не з рота, а знізу грыбной ножкі. — Смачненька.

— Варта было чакаць, — сказаў я. — Як ты там?

Паша прызнаўся:

— Цела не слухаецца. А так — як звычайна.

Курдупель глынуў піва і выдаў абракадабру:

— Разам з півам сваёй фастрыгаванай коўдрай мяне накрывала вар'яцтва. Я сядзеў пад ёй і баяўся адтуль вызірнуць. Нібыта піў тут напой, змяшаны з глупствам і смехам. Мяне калаціла, і балелі вочы. І нябачны забойца бадзяўся па спіне і ўтыркаў нож у пазванкі. Боль выціскаў з мяне бурбалкі вар'яцтва. У горле клекатала чырвоная песня.

— Дзякуй за трызненне, спадар курдупель, — сказаў глуха і аднекуль зусім здалёк Паша. — Сустрэўся з вамі і натхніўся на футурыстычную паэму...

У гэты момант на нас з шумам наляцела калматая туша, якая цалкам аблапіла Пашу. Мы пабачылі драпежную морду, ручаінкі сліны, зіхатлівыя зубы. Пацук з хрумстам адкусіў шапачку грыба. Мы з курдупелем са страхам адскочылі. Туша гэтак жа імгненна кінулася на сцяну і знікла. Быццам сцены былі кісельнымі.

Стаяла лёгкае марыва, на стале ляжалі пабітыя акуляры.

Са сцяны выскачыў сіні гном, які выцягнуў тоўстую кнігу і зачытаў: „Чалавек у вагоне заплюшчваў вочы і трапляў у перапоўненую вязніцу, рабіў крок — і за спінай з лязгам расчыняліся металічныя дзверы. Вецер заносіў у кутузку супрэматычных зладзеяў, якія білі зняволенага і кармілі яго чорнай плазмай".

Я пракручваў у галаве сцэну смерці прыяцеля, і ад гэтага мне рабілася з кожнай хвілінай усё горш і горш. Жахлівы трылер трымаў мяне ў сваіх моцных руках і не адпускаў. Я хацеў пашыць новую прастору. Я браў са свядомасці празрыстыя нажніцы і рэзаў, потым выцягваў празрыстыя ніткі, голку, клей. Шыў і клеіў. Зноў рэзаў. Выратаваць... Абавязкова трэба выратаваць Пашу!

30.

Мы з курдупелем рухаліся далей. У нейкі момант на нас наляцела рачная хваля, якая падхапіла і панесла наперад. Побач плылі рыбіны, пакрытыя чорнымі і рудымі шыпамі, знешне падобныя да дэльфінаў, і ціха перагаворваліся па-нямецку. У раёне моста нас нарэшце прыбіла да берага. Мы з цяжкасцю выбраліся. Разам з намі з вады выйшаў паўнаваты валасаты аквалангіст у трусах, на якіх было напісана „Я Вова“, на шыі ў яго віселі каралі з акулавых зубоў, у руках ён трымаў драўляны зэдлік. Калі незнаёмец зняў падводную маску, мы пазналі Ярылу Пшанічнага (ён жа Вова Банько), які адразу павітаўся з намі, сеў у ластах, закінуўшы нагу за нагу.

Першым завёў размову курдупель:

— Даўно не бачыліся.

Ярыла пагадзіўся:

— Мы сустракаліся яшчэ да шторму.

Зверху білі і прыпякалі пражэктары. Я сеў на гарачыя прыемныя каменьчыкі і падумаў пра тое, што зрэшты і тут, у тунэлі, можна жыць. Галоўнае, каб у цябе не адкусілі галаву ці проста не праглынулі. Прага да выжывання ёсць у кожнага беларуса. Я дыхаў свежым паветрам і сказаў пра набалелае:

— Я год мучыўся з артыкулам пра беларускую літаратуру. І раптам шкілет склаўся, і цяпер на яго нанізваецца мяса.

Ярыла пашкроб валасатыя грудзі і намаляваў на твары паразуменне:

— Шкілеты — гэта добра. Канструктыўна.

— Думаеш? — перапытаў я.

Ярыла прызнаўся:

— Калісьці я бухаў на Інвалідэнштрасэ. І тады я ўяўляў ледзь заўважныя літары, якія раскідалі па плошчы. У думках я складаў з гэтых літар хуліганскія словы, сказы, якія ажывалі і пачыналі гучаць мацернымі вершамі. І я хрумсцеў імі, нібыта смажанымі курынымі ножкамі.

У гэты момант з вады выйшаў зацвілы шкілет, які трымаў мокрую кардонную скрыню.

— Вось табе і адказ, — сказаў Пшанічны, ківаючы на няпрошанага госця.

— Чаму няпрошанага? — запярэчыў курдупель. — Вельмі нават прошанага. Самі пра яго пачалі казаць, таму і з’явіўся гэты брат Кашчэя Бессмяротнага.

Шкілет прашамкаў:

— Я з пасылкай для вас. Перадалі пацукі, прасілі асабіста ўручыць у рукі Змітра Вішнёва.

Я ўзяў скрынку, яна не размокла, нягледзячы на падводную адысею, і здавалася лёгкай. Я здзівіўся. І раптам пачуў ціхае і далёкае:

— Я б махануў грамаў дзвесце для настрою...

Я прыклаў скрынку да вуха.

— Я... гэта... — пішчала далёкае. — Паша я.

— Ну цябе, братка, зусім скурчыла, — заўважыў я.

— Толькі не адкрывай скрыню, — папрасіў далёкі Паша Лоскутаў. — Я цяпер глыток паветра, які трымаецца на тонкіх нітках ветру. Адчыніш — не зловіш. Знікну, як рэха.

— Што ж цяпер з табой рабіць? — сказаў я. — Розуму не дабяру.

— Ты мяне вазьмі з сабой, — запішчаў далёкі Паша. — Я табе яшчэ прыдамся.

Ярыла прапанаваў:

— Можна ў кардонцы зрабіць маленькую дзірачку, напхаць туды каменьчыкаў і ракавінак, якія Пашу і прыціснуць да зямлі, і тады ніякая сіла не зможа яго адарваць ад сяброў.

— Паша, мы зараз будзем рабіць дзірачку, каб цябе прысыпаць пясочкам, цёплым сяброўскім словам і пухам. Ты там учапіся за сценку мацней, каб не вылецець, — папярэдзіў я.

Сказана — зроблена. Мы пракалупалі ў кардонцы маленькую дзірачку і напхалі туды каменьчыкаў, ракавінак, дадалі балотнай травы і дзве галінкі ад дуба.

Мы адчулі, што Паша адразу ажывіўся, зашамацеў у кардонцы, замармытаў весялей і гучней:

— Я тут быў выпадкова... Быццам мяне прышпілілі падковай. Я жыў паветраным шарыкам, смактаў вецер з лёгкіх Лема, Хемінгуэя, Сакрата і невядомага філософа-бамжа з бочкі з-пад мазуту. Дарэчы, мае ўспаміны ўяўлялі сабой маленькія пігулкі з мятай...

Шкілет прашамкаў:

— Як смачна гучыць. Мне такіх пігулак відавочна нестае.

Паша працягваў пішчаць з кардонкі:

— Я заядаў настрой пачуццямі з мухаморам... І хацелася пацэліць з неіснуючай рагаткі ў хмары, каб выклікаць дождж. І памяць знікала разам з чарговым цягніком. Сядзеў у кардонцы, сумаваў. Мяне не пакідала адчуванне няўклюднасці. Электронныя радкі з табло запаўзалі ў мае думкі змеямі.

— Магчыма, у мяне не нарадзілася б кніга, — прызнаўся я, — калі б я не з'ехаў. Ці кніга паўстала б зусім не ў тэкставым абліччы. Напрыклад, яна магла б вырасці ў выглядзе пластылінавай скульптуры. Я шукаў шляхі, каб забыцца на звыклую мову. Дзённікі вялі ў лабірынт, дзе сядзелі рэчаіснасць і фантазія.

Курдупель паціснуў плячыма, пажаўцеў ад напругі і зазвінеў ланцугамі са слоў:

— Я уяўляў маленькага хлопчыка з лысінай і вусамі, які не ўмее смяяцца, а толькі хадзіць, з усімі сварыцца і б'ецца. У думках я шкадаваў таго прыдуманага маленькага ўзурпатара. Здавалася, што той чалавечак, які паўстаў у галаве, нарадзіўся адразу пакрыўджаным і абдзеленым любоўю, пазбаўленым дзяцінства.

Шкілет зарыпеў косткамі і прашамкаў:

— Мы былі жорсткімі, але справядлівымі. Мы былі з выпуклымі скуламі і з квяцістымі вусамі. Нашая ўлада ярка свяцілася над неабсяжнай дзяржавай. Мы не шкадавалі ані таго, ані гэтага...

Пшанічны заўважыў:

— У лясах завяліся звяры — страх і агіда. Мне нават здаецца, што імі будуць доўга палохаць маленькіх дзетак, якіх калісьці палохалі ваўком ці чортам.

Курдупель:

— Яшчэ чаго прыдумаў... Бздуры.

Шкілет:

— Вядома — бздуры.

Я:

— Скажы, шкілет, кім ты быў пры жыцці?

Шкілет не здолеў анічога сказаць, і ягоныя косткі сталі сыпацца. Ён высыпаўся, нібы сухі гарох з папяровага пакета. Пшанічны рэзка ўстаў, надзеў падводную маску і, не развітваючыся, скіраваўся ў раку.

Выскачыў чырвоны гном, які нагадваў майго менскага суседа, і зашаптаў:

— Перад адпраўкай чыноўнікі прысягалі муміі, якая раздавала парады і інструкцыі. Гэта быў такі рытуал, без якога гарнітур сядзеў, як мех, гальштук не слухаўся. Ды без наказаў на дарогу чыноўнікі рабіліся драўлянымі і непаслухмянымі. Таму іх гуртам пасыпалі соллю загадаў, загружалі ў вагон і адпраўлялі на Алтай. Там ім выдавалі каскі з ліхтарамі, адбойныя малаткі і спускалі ў шахту.

Мы з курдупелем рушылі далей, я паклаў кардонку з Пашам у заплечнік.

31.

Я прыціснуў курдупеля да сцяны і прымусіў прызнавацца ў зробленым.

Курдупель спалохана забурчаў:

— Учора я дабраўся да галоўнага вакзала. Выйшаў з боку Бундэстага да стаянкі таксовак і стаў чакаць прыяцеля Міхаэля, які спазняўся. Міхаэль зарабляў сінхроннымі перакладамі, працуючы з рускай і беларускай мовамі. У вольны ад працы час забаўляўся музыкай, граў у некалькіх гуртах. Міхаэль быў чалавекам прыемным і вясёлым.

Я паглядзеў на курдупеля. Што ў яго ў галаве? Чаму ён да мяне прыліп? Калі разабрацца, я і не ведаю яго толкам. Не ведаю, чым ён займаецца. Можа, яго да мяне накіравалі адмыслова — сачыць і дакладваць куды трэба?..

Я заўважыў:

— Працягвай-працягвай, дарагі курдупель.

Курдупель уздыхнуў і працягнуў:

— Люблю разглядваць людзей, калі ёсць час. Бачыў склізкага выпіваку, які швэндаўся з заплечнікам і бутэлькай піва і ўсё прыглядаўся — магчыма, спадзяваўся нечым пажывіцца, хацеў штосьці ў мяне сцягнуць. Бачыў кампашку маладых людзей...

— Кажаш, што любіш разглядваць людзей... — сказаў я задумліва. — Ну і што было далей?

Курдупель працягваў:

— Я пайшоў да Інстытута анатоміі... Там мяне нарэшце сустрэў сябра Міхаэль, які трымаў вялікі заплечнік і гітару. Мы падняліся ў кабінет, дзе сярод чарапоў, злепкаў твараў, нейкіх бюстаў, шкілетаў і неверагоднай колькасці кніг нас ужо пільнавалі дзяўчына і невядомы малады чалавек у кароне...

Я сказаў курдупелю:

— Спрадвеку карона не давала спакою крывасмокам. Яны цягнуліся да яе, падпаўзалі, падплывалі, падляталі... Карона ўлады была прыцягальным і спакуслівым трафеем, жаданай узнагародай. Верагодна, яна захоўвалася ў гэтым інстытуце анатоміі.

32.

Вось і цяпер — запякаўся новы тунэль, новая дарога.

Я рухаўся. Побач бег курдупель, які балбатаў не спыняючыся:

— Трэба высмактаць дзве бутэлькі віна і заесці яго сырам з цвіллю, каб працягнуць рух да цэнтра зямлі. Выпіваў я і раней, бо, глытаючы чырвонае, прасцей збірацца з думкамі...

Мы з курдупелем нарэшце дабраліся да Інстытута анатоміі. Памяшканне было бязлюдным, чарнелі экраны камп'ютараў, гуляў моцны вецер. Я казаў ці то сабе, ці то курдупелю:

— Я паспяхова займаўся выдавецкай дзейнасцю — выпускаў наватарскія кнігі. Праўда, дзеля гэтага даводзілася зрэдку друкаваць бяздарных аўтараў. Бо графаманы самі фінансавалі свае творы, і гэта таксама давала рэсурсы, каб падтрымліваць таленавітых...

Пасля маіх слоў са сцен высунуліся каменныя твары. Адзін заварушыў вуснамі, якія патрэскаліся, і я пачуў: „Я даследаваў душы беларускіх чыноўнікаў. Я калупаўся ў здранцвелых мазгах і вылоўліваў самае смачнае. Я дыхаў разам з людзьмі, адданымі ўзурпатару. Нас трымаў страх. Нябачны ланцуг ад ашыйніка цягнуўся да рук гаспадара. Я быў амаль народным пісьменнікам. Я даследаваў любоў. Я быў".

Курдупель абураўся:

— Хто можа вызначыць формулу таленту? Гэта віламі па вадзе пісана!

Новы каменны твар заварушыў вуснамі, якія трэскаліся, лопаліся, асыпаліся, і я чуў: „Я цалаваў дрэвы, неба, сонца, рэкі. Мая душа спявала разам з каровамі. Я ведаў кошт хлеба. Я апяваў калгасную ідылію. Кожны паэт мусіць быць трактарам сваёй краіны, сваёй дзяржавы".

І вось я ўжо пабачыў, як ад мяне аддзяліўся цень, сеў насупраць і сказаў:

— Некаторыя аўтары паводзілі сябе непрыстойна: пасля таго як мы іх „раскручвалі", сыходзілі ў новыя модныя выдавецтвы. Беглі, як кіты ад гарпуншчыка... І тады, кожны раз, я стварал у галаве „залу славы". У якасці помсты кожны здраднік выдавецтва атрымліваў ганаровае званне героя і ўласны партрэт у выглядзе рыбы — воблы, акулы, камбалы, вугра, печкура, тунца і гэтак далей. Потым для вулічных выпівох арганізоўваўся пісьменніцкі вернісаж, дзе маляваныя героі-здраднікі выстаўляліся ў барвовых рамах. У цэнтры той залы я ставіў стол з моцным алкаголем. Удзельнікам дазвалялася выбраць на закуску аднаго героя, на якога аб'яўлялася паляванне. Калі таго лавілі, адбывалася запяканне і ўрачыстае паяданне.

Цень сядзеў насупраць.

— Гэта жорстка, — сказаў я. — Ты не меў права.

На гэтых маіх словах цень ператварыўся ў маленькага чорнага сабачку, які загаўкаў, кінуўся на мяне і спрабаваў кусацца. У пэўны момант ён балюча схапіў мяне за правую руку і павіс на ёй. І тут я згадаў, што ў дзяцінстве мяне ўкусіў сабака, у якога я забраў мячык. Я раззлаваўся, размахнуўся і адкінуў маленькага драпежніка да сцяны.

Тут зашыпела. Чорны сабака ператварыўся ў патэльню са скваркамі. Запахла гарэлым мясам.

На стале я заўважыў кнігу Карла Калодзі „Прыгоды Пінокіа", якая выходзіла ў нашым выдавецтве. Я згадаў прыгоды галоўнага героя гэтай казкі. У курдупеля адразу вырас нос, і ён, расцягваючы словы, пацікавіўся:

— Яны маглі вось так проста сысці з выдавецтва?

Я ўдакладніў:

— Як гарпуншчык можа адпусціць свайго кіта? Гэта будзе неверагоднай раскошай.

Курдупель закрычаў:

— Патрабую рытуальную залу для здраднікаў! Відовішчаў! Віна! І чарадзея Барнабаса з Гвінеі-Бісау нам на дапамогу!

33.

Мы апынуліся ў вялікай зале.

— Слаўныя мёртвыя, — шаптаў курдупель. — Свежазапечаныя. Светлымі пачуццямі пасыпаныя. Сном таленту аздобленыя.

Гарэлі свечкі. За вялікім круглым сталом з пузатымі бутэлькамі сядзелі брудныя сінія людзі. Яны вялі п'яныя размовы, час ад часу чокаліся і выпівалі. Адзін з прысутных, азызлы выпівоха з бародаўкамі на твары, сказаў:

— Гэтае імя гучала ў кожным кабінеце. З усіх бібліятэк яго кнігі павыкідалі. Не было міліцыянта, які б не плюнуў у ягоны партрэт! Я выбіраю такіфугу!

Праз пэўны час прыбег гном у срэбраным каўпаку, ён нёс блюда, на якім дымілася прыгатаваная рыбіна, і ён паведаміў:

— Такіфугу са з'едлівага раманіста!

Азызлы выпівоха ўстаў і гучна абвесціў:

— Цяпер слова нашаму ганароваму госцю Барнабасу!

Цемнаскуры выступоўца доўга казаў пра сувязі з прыродай. Асноўныя тэзісы гучалі наступным чынам: „вернемся да першавытокаў“; „чалавек — гэта скарбніца карысных рэчываў“; „нашыя продкі рабілі фуа-гра з пячонкі чалавека“. Доўгія воплескі.

Час запаволіўся. Я думаў аб тым, што рэчаіснасці няма, а ёсць толькі страшны сон з паяданнем сваіх апанентаў. Я глядзеў на свае пальцы, і мне здавалася, што яны празрыстыя. Я спрабаваў вымаўляць словы, але яны вязлі ў горле. Я пабудаваў у галаве вежу з пакут, мармытанняў, віскату, слёз, страху і злоснага смеху.

Курдупель сказаў:

— У зале славы ярка гарэлі словы.

Раптоўна брудныя сінія людзі сышлі, і іх месцы занялі іншыя. За святочным сталом да чарадзея Барнабаса далучыліся: капітан Барада, бабуля, філосаф, сантэхнік і пісьменнікі з мастакамі. Гэта былі персанажы з маіх апавяданняў — рознага ўзросту, лысыя і валасатыя, маркотныя і злыя. Недапісаны рукапіс мянеператраўліваў. Сюжэт не складваўся і рыгаў. І над усім гэтым сінелі далягляды з аблокамі.

Курдупелю надакучыла слухаць прысутных, і ад гэтага ён знянацку стаў зялёным, а потым ператварыўся ў футбольны мяч, які заскакаў па зале. Барнабас закрычаў: „Лавіце гада!“ Бо курдупель збіваў і крышыў талеркі, шклянкі, бутэлькі. Звінела, і ўсе мацюкаліся. Тут загучалі літаўры, і некалькі гномаў вынеслі драўляны трон і чорную карону. Засвістаў вецер. Нябачная сіла падхапіла мяне з курдупелем і выкінула з акна, і мы, быццам супергероі, паляцелі па небе. Зверху я назіраў за тым, як праз вокны вежы вылазілі чорныя шчупальцы, якія цягнуліся за намі, але мы былі ўжо далёка.

34.

Курдупель быў у кровападцёках пасля гульні ў футбол і таму пастаянна жаліўся на кепскае самаадчуванне. У тунэлі сустракаліся адзінокія пальмы ў кадках і пудзілы жывёл. Паветра было салодкім, як травеньскія кветкі.

Я згадаў:

— У юнацтве мяне ледзь не зарэзалі. Раўнівы прапаршчык, былы муж маёй каханкі, наляцеў у пад'ездзе з вялікім нажом. Жанчына кінулася паміж намі. І гэта мяне выратавала. Яна крычала, каб я сыходзіў, і я выбег з таго злашчаснага пад'езда. Шмат разоў у жыцці я сустракаў смерць, калі яна на мяне дыхала.

Курдупель заўважыў:

— Магчыма, і ты мог аздобіць гэты тунэль уласным пудзілам.

— Ціпун табе на язык!

Загрукатала. Агромністы залаты цмок праламаў столь і на слонападобных лапах прызямліўся каля нас. Ягоныя вушы ўпрыгожвалі цудоўныя русыя косы. Калі ён дыхаў, з пашчы замест агню вылпяталі вэнджаныя каўбаскі.

— Хто тут мяне клікаў?!! — грозна спытаў цмок і ляпнуў лапай — пасыпаліся іскры. Я заўважыў, што на ёй замест кіпцюроў былі нажы.

— Дарагі цмок, — звярнуўся я да драпежніка. — Мы вас не клікалі. А калі раптам і клікалі, дык не спецыяльна. Даруйце нам.

Цмок плюнуў да маіх ног вэнджанай каўбаскай і са скрухай заўважыў:

— Сёння цэлы дзень плююся „Брэсцкімі". На працэс гатавання ўплываюць настрой і надвор'е. Кажуць, што сёння — магнітныя буры.

— А навошта вы іх запякаеце? — спытаў курдупель.

— Ну як жа, — здзівіўся цмок. — Гэта бесперапынная вытворчасць. Канвеер. Трэба склады запаўняць.

— Навошта склады запаўняць? — спытаў я. — Цяпер вегетарыянства ў модзе.

— Пра свабоду кажаш? — зноў здзівіўся цмок і ўздыхнуў: — Былі ў мяне ўцёкі ад самога сябе. Хацеў збегчы ўначы. Як памятаю, я тады ціхенька выскачыў праз акно — баяўся пабудзіць дзяцей, якія спалі ў суседнім пакоі. Жонка папярэдне адабрала ключы, каб я не мог сысці.

Курдупель цмоку:

— Адразу варта расставіць акцэнты.

Цмок працягнуў:

— Зрэшты, я тады выскачыў не ў акно, я выскачыў у прыдуманую рэальнасць! Я ляцеў самым шчаслівым цмокам на свеце. Зоркі асвятлялі мой шлях!

Курдупель з паразуменнем ківаў:

— Рэальнасць кусаецца — гэта праўда.

Цмок прызнаўся:

— Часцей за ўсё на каўбасы я перапрацоўваю апазіцыянераў. Мне загадалі — я і паляцеў у месца прызначэння на перапрацоўку. Перад загатоўкай закідваю ў пашчу спецыі, цыбулю, часнок — і тады працэс ідзе бойка.

— А чаму толькі каўбасы? Можна і пірагі выпякаць, — заўважыў курдупель.

— Пірагі складаней, — патлумачыў цмок. — Па-першае, трэба цеста замешваць. Па-другое, у пашчы трымаецца тэмпература, больш прыдатная для каўбасных вырабаў. Па-трэцяе, апазіцыянер пайшоў сухі і кашчавы — фарш для пірагоў з такога не вельмі, а на каўбасу — самае тое.

Я заўважыў:

— Вось нядаўна начытаўся пра эміграцыю, паглядзеў у люстэрка і не пазнаў сябе. Бо бачыў там мужчыну, які заплыў тлушчам. Я нават пачаў узважвацца і тады спалохаўся дзевяноста васьмі кілаграмам. Некалькі гадоў таму я важыў менш — толькі семдзесят. І нават тады я палохаўся.

Курдупель прызнаўся:

— Я пакутаваў ад голаду...

— Нас вы таксама на фарш пусціце? — нясмела запытаўся я.

Цмок пачаў пляваацца каўбасой, рыгаць і рагатаць.

— Загаду не атрымліваў, — патлумачыў ён. — Сам я ініцыятыву не праяўляю.

— А чым займаецеся ў вольны час, калі не сакрэт? — спытаў курдупель.

— Чытаю Бертольда Брэхта, — прызнаўся цмок і ўвесь ажно засерабрыўся ад шчасця і сарамлівасці.

— Ваў! — сказаў я. — Мы, аказваецца, паплечнікі. Я таксама знаходжуся пад уплывам ідэй Бертольда Брэхта. Дайшло ў выніку да неймавернага. Я напраўду штодня стаў бачыць слыннага аўтара. Зрэдку мы разам снедаем, дыскутуем пра літаратуру. І я намагаюся зразумець: гэта фантазіі ці вар'яцтва?

Курдупель здзіўлена:

— І я штодня бачыў Бертольда Брэхта...

Цмок папстрыкаў лапамі і раптоўна заўважыў:

— Было прыемна пазнаёміцца, землякі. Мне трэба вас пакідаць, бо мушу ляцець у Пішчалаўскі замак, куды прывезлі новую партыю апазіцыянераў — буду дапамагаць разгружаць. Але не галадайце моцна — патрывайце. У наступны раз з мяне — свежыя „Слуцкія" каўбаскі! Бывайце! — І цмок скокнуў у пралом у столі.

Курдупель мне:

— Ці мог бы ты паверыць год таму, што трапіш сюды?

Я здзіўлена:

— Не. І нават думаць не мог.

Курдупель заўважыў:

— Як я цябе разумею!.. Я таксама неаднаразова мог памерці, і кожны раз нябачная рука мяне выцягвала, і таемны голас казаў: „Жыві". Магчыма, гэта такі лёс — трапляць ва ўсялякія непрыемнасці і выкручвацца з іх. Як кажуць пра шчасліўчыка, „пабыў у вадзе і не мокры нідзе".

Я паглядзеў на курдупеля — ён мне падабаўся ўсё больш і больш... Я не заўсёды падзяляў ягоныя погляды, але з цікавасцю слухаў паэтычныя экспромты і развагі на розныя тэмы. Няўцямныя фразы курдупеля выклікалі не раздражненне, а, хутчэй, усмешку. Мне падумалася, што я хоць і кепска яго ведаю, але мы паступова робімся прыяцелямі.

35.

Мой сябра Алесь Родзін, апрануты як сапраўдны сквотар (падрапаныя вайсковыя штаны, стаптаныя боты), хмыкаў і прапаноўваў падзаправіцца веганскімі бутэрбродамі і віном.

Мы з Алесем і курдупелем тусаваліся ў бары, што месціўся ў адным з жылых дамоў у раёне Осткройц. Гэтую забягалаўку жыхары пад'езда зрабілі для сябе. Людзей з вуліцы пускалі сюды толькі па панядзелках і ўвечары, калі жыхары хацелі пашаманіць, пасваволіць, пайграць, пачытаць вершы. У іншы час дзверы зачынялі. З вуліцы нельга было здагадацца, што тут знаходзіцца бар. Сюды адначасова магло ўціснуцца чалавек трыццаць. Абсталявалі тут тэхнікай і сапраўдную сцэну. На сценах павесілі плакаты і афішы. Каля стойкі бара, якая нагадвала вялізны барабан, побач з лядоўняй, у якой пузаціліся пляшкі з півам, намалявалі дзве змрочныя постаці — дзецюка з пірсінгам і дзяўчыну з аўтаматам.

Сёння было шматлюдна. І курдупель нам не даваў засумаваць:

— Я магу пафатаграфаваць, — казаў ён і пацягваў з келіха чылійскі кактэйль — піва з таматным сокам.

Я распавядаў Родзіну:

— Зазвычай я купляў у REWE дзе-тры бомбы чырвонага гішпанскага. Часам выбіраў нешта на зніжках. Сустракалася віно за два-тры еўра — як правіла, я купляў за чатыры-пяць. Гэта было таксама таннае віно, але ўжо са сваім непаўторным смакам. Падчас спажывання яно здавалася больш выкшталцоным. Таксама часам браў сыр з цвіллю.

Мы з Алесем пілі віно. Большасць пацягвалі піва, бо тут яго прадавалі танна.

Бармен прынёс нам боршч. Сёння гасцей частавалі нацыянальнымі стравамі, якія гатавалі ўдзельнікі вечарыны. Стравы мусілі быць вегетарыянскімі. Боршч, згатаваны ўкраінцам, абпальваў вусны і быў густым. Здавалася, што ўтыркні ў суп лыжку — і яна будзе стаяць. Па бары перасоўваўся кот Казімір, які не саромеўся і сцягваў з бутэрбродаў начынку.

Нам прапанавалі бясплатна пакаштаваць гарэлкі „Гарбачоў“, і мы пад боршч выпілі па два халодныя кілішкі. Курдупель выцягнуў гашыш і вельмі арыгінальна ўжыў: падпаліў яго на драўлянай дошцы, накрыў фужэрам, потым падносіў да вуснаў і глытаў дым. Мы з Алесем адмовіліся ад гэтага пачастунку і толькі назіралі за курдупелем, які душыўся дымам. Незнаёмы гішпанец прынёс нам кактэйль з лёдам. Курдупель патлумачыў, што змяшалі колу з танным гішпанскім віном. Пасля некалькіх глыткоў у галаве заклубілася.

На імпрэзе размаўлялі па-гішпанску, некаторыя — па-англійску. Нямецкай было зусім не чуваць. Ну і да нас з Алесем далучыўся аўтар баршчу — Павал, які збег з Данбаса. З ягоных слоў, уцякаў ён ад вайны праз Расею. Заплаціў правадніку за дапамогу тысячу еўра, якія сабралі сябры.

Бармен выцягнуў з-пад барнай стойкі чорны сшытак і паказаў верш, запісаны рукой Ярылы Пшанічнага:

Неяк ішоў па Берліне Пшанічны
Да яго падыходзіць пацан
Пойдзем са мной Ярыла

У кітайскі адзін рэстаран
Кухар сам дзядзя Мао
Разносчыкам Кім Чэн Ір
Палачкамі есці будзем сыр

Потым бармен падышоў і зашаптаў на вуха:

— Можа, хочаце чахахбілі?..

— Веганскае? — здзівіўся я.

— З сапраўднага фазана, — па-змоўніцку паведаміў бармен.

— Давай, — пагадзіўся я. — Магчыма, тады і пажыву яшчэ.

Праз некалькі хвілін бармен прынёс талерку з мясам.

— Смачна есці, — сказаў бармен.

Я не паспеў дацягнуцца відэльцам да легендарнага чахахбілі, бо страва раптам задымілася, трансфармавалася ў жывога фазана, заляпала крыламі, заморгала вачыма і сказала:

— Два — нуль. Яшчэ адна няўдалая спроба. Але прыемная твая ўвага да маёй сціплай асобы.

Алесь заўважыў:

— Тут няможна парушаць рэгламент.

36.

Мне здавалася, што слова „смерць“ з кожным уздыхам рабілася для мяне больш зразумелым. Я дыхаў з асалодай і стараўся запомніць кожны глыток, кожнае імгненне. Я клаў сухога чарвяка на далонь, падымаў да ўзроўню вачэй і назіраў, як калышацца ў прыцемках ягоны цень.

Я адчуваў холад і сырасць. Нібы дыхала тая, якую я не бачыў і якая мяне заўсёды суправаджала тут, пад зямлёй, і звала ў свет мёртвых. Але ўнутраны голас не пагаджаўся: „Хіба цябе нехта суправаджае, акром курдупеля? Куды зірнуць, каб пабачыць той конскі хвост?“

Было надзвычай цёмна, і падазрона шумела. Часам я забаўляюся з цыгарай, таму ў кішэні ляжалі запалкі. „Чырк!“ — і кволы агеньчык асвяціў завадское памяшканне. Вакол стаялі гіганцкія варштаты, аб прызначэнні якіх я нават не здагадваўся.

Я падумаў, што дзесьці прарвала трубу, бо на падлозе была чорная вада. Я пачуў заклапочаны голас:

— Што тут адбываецца? Калі ў апошні раз мянялі гэтыя чортавы трубы?

З’явілася святло ліхтара. Пабеглі цені. Потым нарэшце ўспыхнулі лямпы, і я разгледзеў знаёмага сантэхніка. Ягоны твар быў высечаны з горнага крышталю і адкідваў прыгожыя, яркія водбліскі. Халодныя вочы выпраменьвалі злосць.

— Халера ясная, тут рамонту на цэлы дзень. Гэта ж трэба давесці да такога стану абсталяванне. Зараз я перакрыю ваду, — сказаў ён.

— Справіцеся? — запытаўся я.

Сантэхнік залапатаў самому сабе:

— Чаму ён сказаў пра пшанічную цэглу? Я заўсёды закладаў сцяну канаплёвай, з падсмажанымі каранямі. Летась не зрабілі дастаткова яблычнага сідру — і летнік аніяк не склейваўся...

Я нічога не зразумеў з балбатні сантэхніка: „цэгла“, „сідр“, „летнік“ ды яшчэ і „чортавы трубы“. У гэты момант з-за аднаго з варштатаў выйшаў мужчына. Я пазнаў у ім самога сябе: вочы, прычоска, шчэць, згублены позірк, знаёмая куртка з капюшонам... Знаёмы незнаёмец падышоў да нас, павітаўся. Пры святле лямпаў я разглядваў ягоныя буйныя рысы твару. Масіўны нос выпучваўся і трымаў ластаўку чорных броваў. Пад носам бляднеў даўні шнар, з правага боку каля вуснаў сумавала мініяцюрная адзінокая сопка...

— Стаміўся пісаць, — паскардзіўся мужчына. — Тэкст прэ як цеплаход.

Да нас выйшаў курдупель, павітаўся і раптам здзіўлена вылупіў вочы. Ён глядзеў па чарзе на майго двайніка, а потым на мяне, потым зноў на мужчыну і зноў на мяне. І нарэшце сказаў:

— У мяне сёння галаўныя болі. Я не зусім разумею, што адбываецца... Патлумачце мне, хто з вас Зміцер Вішнёў?

Не паспеў я штосьці сказаць, як мужчына бадзёра паведаміў:

— Прыемна пазнаёміцца. Я — літаратар Зміцер Вішнёў.

— Гэта вы бухалі ўвесь мінулы тыдзень? — спытаў я. Вішнёў здзівіўся:

— Адкуль вы ведаеце? Вы сачылі за мной?

— Сарока на хвасце прынесла, — загадкава патлумачыў курдупель.

Я ўсміхнуўся. Сустрэць сваё адлюстраванне было немажлівай падзеяй. І адлюстраванне было не толькі знешнім. Яно рабіла і думала, як я.

— Я, — сказаў Вішнёў, — працяглы час блукаю. Шукаю адказы на хвалюючыя пытанні. Спрабую зразумець свой страх. Раздумваю аб смерці... Вяду гутаркі з сябрамі. Думаю пра эпітафію… Вось, напрыклад, гэтыя радкі вельмі падыходзяць: „Я голас сатканы з алкагольных мелодый / я песня песняў / калі я памру маё цела расплёскаецца па труне / як некалькі галонаў віна / скажуць сышоў не паэт / знікла мора“. Праўда, добры атрымаецца надмагільны надпіс?

— Магчыма, варта дадаць трошкі экспрэсіі? — засумняваўся я.

Вішнёў ужо мяне не чуў, ён нервова хадзіў. У ягоным твары з'явілася штосьці дэманічнае. Ён размахваў рукамі і аб нечым даводзіў свайму ценю на сцяне, даўмецца сэнсу ягоных тырад было немагчыма. Я чуў толькі асобныя словы і фразы: „паветра атручанае“, „сонца майго мозгу“, „выхад нагамі наперад“, „дупа“.

Між тым сантэхнік займаўся агрэгатамі, якіх вакол стаяла шмат. Ён на нешта націскаў, чымсьці шчоўкаў. І вось ужо зазвінела, застукала. Запрацаваў канвеер. Вялікая лыжка замешвала блакітнае цеста, якое потым залівалася ў агромністыя формы. Грымеў прэс. Відавочна штосьці выпякалася… У памяшканні стала надзвычай цёпла і стаяла лёгкая смуга.

Вішнёў зацікаўлена назіраў за прамысловым працэсам.

Да канвеернай лініі быў прымацаваны напаўпразрысты ліфт, і там ужо даспяваў гатовы прадукт. Загудзелі тросы, ліфт апусціўся на падлогу, дзверы расчыніліся — і механічныя рукі выштурхнулі яшчэ аднаго — новага, аголенага, Вішнёва. Ён рыгнуў нечым падобным да віна і сказаў: „З гэтым мерапрыемствам адразу былі пытанні. Пра свой выступ я даведваўся не ад арганізатараў, а праз балотную жабу… Я, калі пабачыў на мерапрыемстве віннае бырла, аслупянеў. Ніколі не думаў, што буду заяўлены з такой тэмай выступу, — натуральна, калі б са мной кантактавалі, я б адмовіўся".

— Хто на новенькага? — здзекліва сказаў курдупель.

Канвеер зноў загудзеў, і праз лічаныя імгненні з ліфта выскачыў яшчэ адзін ружовы Вішнёў, ад якога, як ад гарачага круасана, падымалася пара.

Курдупель яхідна захіхікаў.

Новы Вішнёў таксама пачаў скардзіцца: „Еў брэцаль і смакаваў каву. Вакол поўзала шмат слімакоў. Адпраўляўся цягнік праз чатыры хвіліны. На нагах былі фірмовыя лыжы. У Нямеччыне транспарт ходзіць часта, і з адной платформы цягнікі могуць адпраўляцца з разбежкай літаральна ў хвіліну. Мяне здзівіла, што цягнік адправіўся раней за пазначаны час. У гэтым хавалася пастка! Мяне злавілі, як неразумнага сурка!"

Я заўважыў:

— Трэба ж часам глядзець, што на цягніку напісана.

Пісьменнік бедаваў:

— Гэта мая паталагічная няўважлівасць!

Я дадаў:

— Памятаю той выпадак.

Раптам гэты апошні Вішнёў пачаў захлёбвацца ўласнымі ванітамі і неўзабаве здох.

Сантэхнік мацюкнуўся і заўважыў: „Я ж казаў, што цэглу трэба толькі канаплёвую закладваць у печ. Зноў наблыталі. Адназначна — пераклалі манкі. Усё варта самому рабіць. І гэтыя чортавы трубы".

Між тым першы Вішнёў таксама пачаў скардзіцца: „Сасніў, што мяне падманам выцягнулі ў Беларусь. І я хадзіў і думаў: ‚Што рабіць? Чым усё скончыцца? Калі мяне забяруць?' Разумеў, што гэтыя скаргі — тыповыя эмігранцкія фішкі. Два гады, як я выехаў, і вось распачалося — страхі, манія перасьледу. Потым снілася яшчэ замарожаная экзатычная рыбіна, якая пачынала ажываць. Яна варушылася, луска абвальвалася, скура лопалася, агаляючы косткі. Я хацеў выкінуць рыбіну ў акно, але жонка не дазваляла і раўла: ,Не ўздумай!' Я спалохаўся і прачнуўся!"

— Жахлівы быў сон, — пагадзіўся я.

Другі Вішнёў, той, што рыгаў віном, працягнуў: „У інтэрнэце на мяне накінуўся стары графаман, якому я адмовіў у выданні ягонай новай макулатуры. Пасквілі сыпаліся шчодра. Графаман хітрыў: маё прозвішча шыфраваў абрэвіятурай, рассыпаўся ў залатых брыдотах. Было непрыемна. Гэты графаман у дзевяностыя зарабіў многа бабла на газеце „Ласкавы май" і на літаратурных рабах, якія пісалі для яго розную дэтэктыўную лухту. І захацелася старому самому стаць вялікім арыгінальным пісьменнікам..."

Я пацікавіўся:

— І што вы? У суд падалі?

Тут мне пачалі адказваць абодва Вішнёвы наўзахваткі.

— Мне падумалася, што жоўць сама праглыне завадатара! — крычаў адзін.

Другі дадаваў:

— Ён захлынецца ванітамі!

Сантэхнік тым часам сабраў інструмент, узяў трубу пад паху:

— Ну, не ўспамінайце ліхам. Мне тут рабіць ужо няма чаго. Бывайце.

Курдупель пракрумкаў:

— Герой Чарльза Букоўскі неяк разважаў, што не разумее людзей, якія ніколі не вар'яцеюць. І гэта праўда. Мне бліжэй тыя, хто не баіцца кідацца ў авантуры.

У гэты момант я адчуў моцны ўдар па галаве. У вачах сталі скакаць барвовыя жывёлы. Губляючы прытомнасць, я пабачыў над сабой задаволены барвовы твар Вішнёва, які сказаў:

— Мая куртка парвалася. А ты глядзі, у гэтага — як новая. Нават не зацёртая яшчэ.

Другі Вішнёў таксама нахіліўся нада мной:

— У яго і джынсы, якія я люблю.

Дзесьці далёка, у сне, мармытаў курдупель:

— Генерал даводзіў, што танкі — гэта змрочныя мурашкаеды, знішчальнікі — старэйшыя браты ястрабаў, верталёты — совы, ракеты і снарады — цюлені і маржы, мінамёты — тхары... Жывёльны разнастайны свет. Мірнае жыццё.

37.

Галава расколвалася. Замест джынсаў на мне зіхацелі атласныя шорты, якія дзесьці дастаў курдупель. Куртка і заплечнік з кардонкай, дзе быў Паша, таксама зніклі. Я сябе супакойваў, што магло быць і горш. Рукі, ногі былі на месцы, галава, хоць і балела, таксама сядзела на роднай шыі. Са слоў курдупеля, калі я адключыўся, шматлікія Вішнёвы павалілі як з рога дастатку, але ўрэшце яны пачалі паміж сабой спрачацца, адзін аднаго абражаць, завязаліся бойкі, а скончылася ўсё трывіяльна. Прыйшоў паляўнічы пацук і ўсіх загрыз. Каго не забіў, са слоў курдупеля, тыя самі рассыпаліся. Нібыта быў парушаны тэхналагічны працэс пры вытворчасці маіх копій. Замнога манкі намяшалі ў цесце. Мяне, непрытомнага, курдупель у нейкую норку зацягнуў і пад папараць-кветкай прыхаваў.

...Неўзабаве мы пабачылі сталічны Дом літаратара; калі быць дакладным, ягоную копію, бо арыгінал заставаўся ў Менску на Фрунзэ, 5.

Паркет пад нагамі быў карычневым бліскучым. Лямпы варушыліся жоўтымі малюскамі.

Нас чакаў Янка Брыль. У 1998-м годзе ў Менску я працаваў у Доме літаратара. Аднойчы я збягаў па лесвіцы ўніз, калі мяне спыніў высокі чалавек — гэта быў беларускі класік Янка Брыль. У мяне тады выйшла ў дзяржаўным выдавецтве паэтычная кніга „Штабкавы тамтам“, і Брыль сказаў мне, што прачытаў і яму спадабалася. Было вельмі нечакана і прыемна.

Ён дакладна пільнаваў нас з курдупелем, бо адразу крыкнуў: „Вось гэты Вішнёў! Ну нарэшце! Хадзем, дражэнькі, сюды хутчэй!“

Я згадаў партрэт са школьнага падручніка па беларускай літаратуры, дзе на адной са старонак жыла вялізная магічная галава. Зашамацела пажоўклае лісце. Потым заскрыгаталі старонкі кнігі. І вось перад вачыма паўсталі брылёўскія карацелькі. Тут ён лавіў рыбу, а тут яго везла на лодцы дзяўчына Гэля, а там ішлі непаголеныя маладыя старшыні калгасаў...

Брылёўшчына сышла ўспамінамі, а вось ён — Янка Брыль — застаўся і спачувальна на мяне глядзеў. І я бачыў у ягоных вачах гімнастыку, якую рабілі два чалавечкі ў вышыванках.

— Бумбамлітаўцы шмат пра мяне панапісалі — я не крыўдую. Адзін навершаскладаў: „Янка Брыль пад падушкамі сядзіць“. Шчыра — гэта не адпавядае рэчаіснасці. У мяне няма такой вялікай падушкі, каб уціснуцца пад яе. Бачыш, я ж агромністы хлопец. Ну ладна. Ты мяне абазваў „птушкай-брылюшкай“. Птушак я люблю. Быць таямнічай брылюшкай нават захапляльна. Ты, я чуў, са Случчыны?

— Так, з тых мясцін, — сказаў я.

— Шмат я вандраваў, — сказаў Брыль. — У салігорскія шахты спускаўся.

— Вам Сталінская прэмія трэцяй ступені пальцы не прыпякае? — спытаў я.

— Гэта ж не грошы, — здзівіўся Брыль. — Гэта ж брылюшкі, якія пяюць у райскім садзе.

Побач стаялі сталы і чырвоныя крэслы. Янка Брыль прапанаваў прысесці.

— І ты не змяніў свайго меркавання наконт анталогіі? — спытаў Брыль.

— Якой анталогіі? — не зразумеў я.

— Ну як жа… Ты мне ўчора цэлы дзень даводзіў пра неабходнасць новай анталогіі сучаснай беларускай літаратуры. І я ўжо пагадзіўся разам з табой курыраваць кнігу. Уключым туды маладых аўтараў, ну возьмем, зразумела, і з дзясятак пародзістых са старэйшага пакалення. Я ведаю некалькіх яшчэ па партызанскім атрадзе, якія пішуць на самыя злабадзённыя тэмы: пра радзіму, аб працоўных буднях даяркі… Ды і маладыя не адстаюць. Ты, я чуў, пішаш пра супрацоўнікаў ЖЭСа — пра электрыкаў і сантэхнікаў… Назбіраем па засеках тое-сёе. Не хвалюйся, — і Янка Брыль па-сяброўску паляпаў мяне па плячы.

У галаве пранеслася думка, што і тут гэты сабачы першы Вішнёў наслядзіў. Хоць, са слоў курдупеля, усе мае копіі ўжо выйшлі ў расход. І хвалявацца быццам цяпер няма чаго. Не паспеў я штосьці сказаць Брылю, як зарыкала карова, якая ўпэўнена ішла па калідоры. Жывёла выглядала знатна: белай з мармуровымі разводамі, шкура была яшчэ тым аксамітам. У каровы адзін рог быў абламаны і гучна цокалі капыты.

— Лапа мая, — узрадаваўся Брыль. — Мы толькі цябе згадвалі.

Карова дзіцячым галаском:

— Анталогію абмяркоўвалі?

Брыль:

— Так-так. Твае творы будуць на самым пачэсным месцы...

Курдупель заўважыў:

— Што тут казаць... Відавочна, ад вашай анталогіі застануцца толькі рожкі ды ножкі...

Я сказаў:

— Ды якая нафіг анталогія? Першы раз чую.

Курдупель:

— Як карова языком злізала...

У гэты момант з-за каровы выбегла поўная жанчына ў чорных чаравіках, з партупеяй, шабляй і маўзернай кабурой.

— Ледзь дагнала Машу. Не слухаецца зусім.

— Рыта, і ты тут! — усклікнуў Брыль. — Вось яшчэ адна аўтарка анталогіі. Яна ў нашым атрадзе была камісаркай і магла з аднаго ўдару рассекчы ворага напалам!.. Як надоі?

Камісарка гучна высмаркалася.

— Не слухаецца Маня. Піша выключна пра зайцоў, — сказала камісарка.

Брыль здзівіўся:

— Нядаўна чытаў „Пионер Белоруссии“ — там сустракаліся зусім някепскія творы пра надоі.

— Няма надояў. Пасяку, сволач, і адпраўлю на фарш, — злосна паабяцала камісарка.

— Новы верш з'явіўся, — сказаў курдупель, паказваючы на свежую аладку каровінага лайна.

— Што мы ўсё пра сябе ды пра сябе, — сказаў раптам Брыль. — Зміцер, распавядзі, калі ласка, як ты прыйшоў да сваіх эксперыментаў? Бо тваё спалучэнне фраз мне не заўсёды зразумелае, і гульня гукаў, вобразаў здаецца надта рызыкоўнай.

Я разгубіўся.

— Таварыш, Іван Антонавіч, — сказаў курдупель, — я даўно сачу за поспехамі і подзвігамі Змітра Вішнёва. Магу колькі фактаў агучыць...

Янка Брыль выцягнуў з кішэні семкі, пачаў лушчыць і сказаў:

— Цікава. З задавальненнем паслухаю.

Я са здзіўленнем:

— Ого, паспрабуй, дарагі курдупель.

Курдупель выцягнуўся ў струнку і адчаканіў: „Напрыканцы васьмідзясятых аб'ект жыў у невялікім беларускім горадзе Слуцку. Тут ён скончыў вечаровую школу, тут і першы раз напіўся. З сябрам яны змешвалі гарэлку з адэкалонам ,Трайны', дадавалі туды цытрыны, атрыманую вадкасць выпівалі і бавілі час у мясцовым парку. Не прыцягваўся...“

Мне здалося, што на імгненне я пабачыў побач афіцэра з залатымі пагонамі. Мае падазрэнні наконт курдупеля ўзмацняліся. Вельмі ён нагадваў супрацоўніка пэўных органаў.

— Згадваю, што смак быў неймаверны. Паднябенне памятае той пякучы напой, — пагадзіўся я.

Янка Брыль стаў белым як палатно і нацягнута рассмяяўся:

— І неба таксама.

Курдупель дакладваў:

— Таварыш генерал, афіцыйна заяўляю... Напачатку дзевяностых аб’ект з сябрамі ўтварыў у Слуцку контррэвалюцыйную ячэйку „Пяты кут“, якая распаўсюджвала сярод насельніцтва ідэі падрыўнога характару. Былі выдадзены некалькі кніг экстрэмісцкага зместу: „Голос утопленника“, „Вдовствующий император“, „Ловушка“. Аб’екты перамяшчаліся па Случчыне і расстаўлялі на чытачоў гнюсныя пасткі...

Карова заўважыла:

— Я памятаю „Пяты кут“ — я тады якраз пайшла ў першы клас, і да нас прыходзіў Сяргей Мінскевіч. Ён казаў пра ролю Какоса Маракоса ў часы постындустрыяльнай эпохі...

Янка Брыль, лускаючы семкі, весела заўважыў:

— Вось яна, дабумбамлітаўская эпоха...

— Дакладваю, — працягваў курдупель. — Мыцько Сяргей Леанідавіч наведваў згаданы аб’ект праз Корбута Вячаслава Яўгенавіча, які жыў у Слуцку ў суседнім доме. Яны разам распівалі моцныя алкагольныя напоі, вялі дэструктыўныя размовы. У прыватнасці, заклікалі да змены літаратурнай улады ў Беларусі. Па выніках сустрэчы Мыцько ператварыўся ў Мінскевіча і напісаў заяву на ўступленне ў „Пяты кут“...

У гэты момант карова ўзялася грызці Янку Брыля — яна пачала з правай нагі.

— Тут смачней за ўсё, — патлумачыла яна, перажоўваючы пантофель.

— На два метры адышла! — зараўла камісарка. — Адышла ад класіка! Зубы прыбрала ад генерала!

Карова ўжо рассмакавала Брыля і не хацела падпарадкоўвацца.

Курдупель схапіўся за каровін хвост, пачырванеў і пачаў адцягваць жывёлу ад генерала, але тая не паддавалася: упіралася, нібы рэпка з вядомай народнай казкі. Тады раззлаваная камісарка выцягнула бліскучую шаблю і з усёй моцы ўдарыла карову пасярэдзіне. Ці то згубіўся былы баявы спрыт, ці то лязо саслізнула, толькі нічога не атрымалася. Карова як жавала, так і працягвала жаваць генерала. Тады камісарка закрычала: „Гэта табе за надоі!“ — і яшчэ раз секанула шабляй. На гэты раз карова вокамгненна разляцелася на дзве паловы. Прычым першая палова, тая, што з галавой, працягвала жаваць класіка. А другая павярнулася да камісаркі і брыкнула яе капытамі. Камісарка, як снарад, адляцела ў сцяну і прабіла яе наскрозь.

Курдупель заўважыў, аблізваючы рукі: „Карова на смак як цукеркі ,Кароўка“.

Янка Брыль схапіў са стала кнігу і ўдарыў карову па рагах. Потым павярнуўся да мяне і спытаў:

— Дык што ты хацеў сказаць пра пісьменства?

— Я дадам літаральна пару слоў, — прызнаўся я. — „Абазваўся грыбам, лезь у гаршчок“, — сказала мне рэдактарка першай кнігі і паглядзела на мяне праз тоўстыя акуляры, якія нагадвалі бінокль. Я тады ўсміхнуўся і памахаў ёй рукой. Так, сябры мае, напраўду, калі чалавек назваўся пісьменнікам, яму трэба засвоіць мову і быць начытаным. Адна фантазія яго не выратуе. Інакш ягоныя творы будуць бляклымі і не вартымі ўвагі. „Не! — крыкнуў пацук. — Я пачытаю! Я пачытаю зубамі і з вельмі вялікай ахвотай! Люблю нездарныя творы: ад іх бруха робіцца цёплым і тоўстым“.

У гэтым месцы я спыніўся. Бо сітуацыя зусім выйшла з-пад кантролю. Цяпер замест адной каровы даводзілася ганяцца за яе дзвюма паловамі. І ў мяне было адчуванне, што я мушу працягваць далей свой шматпакутны шлях...

38.

Вусаты бледны чалавек з заплюшчанымі вачыма выпрастаў рукі і зрабіў крок у мой бок. Размінуцца мы не маглі, бо праход быў вузкім. Мы сутыкнуліся. Чалавек, не расплюшчваючы вачэй, нібы сляпы, абмацаў мой твар. Я адчуў дотык пальцаў, здавалася, мяне праціраюць наждачнай паперай. Чалавек сказаў:

— У вас валявы твар.

— Хто вы? — пацікавіўся я. — Чаму ў вас заплюшчаны вочы?

— Я Эдвард, — сказаў вусаты чалавек і дадаў: — Эдвард Мунк. У мяне баляць вочы: я моцна крычаў.

Я не паверыў. Тады ён выцягнуў з кішэні скручаныя эскізы. Малюнкі былі чорна-белымі і нагадвалі гісторыю з цыкла „Як я правёў лета“.

Каб нам размінуцца, Эдварду давялося мяне абняць. І кожны з нас пайшоў сваёй дарогай.

39.

Праз велізарнае акно лілося начное святло, у паўзмроку на канапе сядзеў чалавек у цыліндры. Я згадаў карціну Эдварда Мунка „Ноч у Сэн-Клу“.

Побач з гэтым, у цыліндры, з’явіўся пакамечаны Алесь Родзін.

Курдупель заўважыў відавочныя змены ў нашым прыяцелю:

— Родзін сёння — не Родзін. Гэта вялікая жуйка з прасветамі. Паглядзі, — сказаў ён, — там, дзе павінна быць правае вока, цяпер вялікая дзюрка. І вушы як у зайца-беляка.

Родзін, той, што не Родзін, крыва ўсміхнуўся:

— Шмат гадоў таму, у трэцім сваім жыцці, я сябраваў з Эдвардам Мункам. Ён тады быў не такім напышлівым. Каржы з цвіллю мог есці. Гэта ён паўплываў на мяне. Мае жыццёвае крэда шмат у чым адлюстроўвала пазіцыі гэтага мастака, — Родзін напружыўся і зацягнуў рукамі гумовую яму, якая была ў раёне сэрца. — Аднойчы мне здалося, што Мунк адарваўся ад рэчаіснасці.

— Можа, ты перабольшваеш? — сказаў я.

Родзін выцягнуў з-за спіны скручаную паперчыну і разгарнуў яе.

— Паглядзі, — сказаў ён. — Тут, на малюнку, бяжыць змардаваны чалавек, які лямантуе. Прыгледзеўшыся, можна заўважыць каля рота муху. Крык — гэта шарлатанства.

Чалавек у цыліндры быў ценем Эдварда Мунка, які запярэчыў:

— Я заўсёды думаў, што праблемы з дэмакратыяй выклікаюць крык. І муха — гэта сімвал.

Потым цень Мунка яшчэ доўга балбатаў пра меланхолію і танцы жыцця, казаў шмат пра Нарвегію і вілу Экелю.

Курдупель прызнаўся:

— Дзесьці праз месяц знаходжання ў Берліне ў мяне таксама знесла дах. Я напіўся і бегаў басанож па брукаванцы, уяўляў сябе загадкавым містарам з краіны Оз. У мяне на галаве быў кацялок, які я зрэдку здымаў, і мінакі кідалі мне манеткі.

Цень Эдварда Мунка заўважыў:

— Я нядаўна схадзіў на дзень народзінаў да сябра. Ён сабраў у сябе шмат арыгіналаў. Пілі абсент і піва. Увечары адзін з гасцей распрануўся да адных майткоў і вылез праз балкон на вуліцу.

Курдупель:

— Іншыя матывы.

Я:

— Тыя самыя.

Павісла паўза, падчас якой Родзін моцна закашляў — і па ўсім ягоным целе пачалі з'яўляцца дзюркі, якія прарывалі цела, вопратку і зеўралі праходамі. Прыяцель проста на вачах ператвараўся ў рэшата.

Я спытаў:

— Цябе давесці да майстэрні?

Родзін закашляў яшчэ мацней і з цяжкасцю выказаў:

— Беларуская гульня ў дэмакратыю даўно скончылася. Сілавікі праводзяць тэатралізаваныя касцюміраваныя паказы. Яны вышукваюць вядзьмарак, ведзьмакоў і публічна спальваюць іх на плошчы. Тлусты блазнаваты пенсіянер уласнаручна скручвае галовы ў гусакоў і раскідвае сярод чэлядзі. Здаецца, што чыноўнікаў і сілавікоў пах крыві натхняе на подзвігі.

40.

Я рухаўся па тунэлі некалькі гадзін. Цяпер я знаходзіўся дзесьці ў раёне Аляксандрпляц. Было ціха, і мне нават здавалася, што я чую ўласныя крокі. Мроілася, што я жук, які трапіў у слюду і не можа ісці, а толькі варушыцца на месцы. Самае гідкае, што пасля гэтых думак недзе хвілін пяць я назіраў за сваімі лапамі, на якіх раслі густыя кароткія валаскі. Яны нагадвалі кактусавыя калючкі, і ад гэтага мяне душыў смех.

Раптам нехта застагнаў. Я ўжо стаміўся ад адзіноты і быў рады кагосьці сустрэць.

Знаёмы сантэхнік сядзеў на аранжавай бочцы і пакутліва нешта круціў гаечным ключом.

— А, гэта ты!.. — усклікнуў ён па-прыяцельску.

— Як вы пажываеце? — запытаўся я і пачуў нечаканы адказ:

— Я даследую Берлін штодня, — сказаў сантэхнік. — Сёння ў трамваі я злавіў сябе на думцы, што мала фатаграфую горад. І, гледзячы праз шкло на барэльефы дамоў, у думках пачаў рабіць фотаздымкі.

— Не ведаў, што вы захапляецеся фатаграфіяй, — сказаў я.

— Якія твае ўражанні ад берлінскага метро? — раптам спытаў сантэхнік. — Лепшае метро на свеце!

Кідаліся ў вочы агромністыя брудныя рукі

сантэхніка. Падчас размовы ён масіраваў пальцы, і гэта было асобным відовішчам. Здавалася, ён выціскае сок. Нібыта ў ягоных пальцах быў заціснуты празрысты гранат.

Сантэхнік загрукатаў інструментам. Каля ног прабегла некалькі тлустых пацукоў.

— Нядаўна на Гезундбрунэн бачыў бяздомнага, які прыкідваўся баксёрам і наскокваў на паліцыянтаў, — згадаў я. — Паліцыянты прафесійна акружылі агрэсара і нейтралізавалі.

— Я таксама часта трапляю ў непрыемнасці, — сказаў сантэхнік.

Я згадаў:

— Здарылася са мной нядаўна адна показка. Сядзеў на імпрэзе ў Доме Бертольда Брэхта і слухаў маладых таленавітых аўтараў. Чыталі кароткія эсэ. За пяць хвілін да мерапрыемства я неабачліва выпіў лімоннай шыпучкі, і гэта справакавала адрыжку, якая хацела вырвацца. Яна караскалася са страўніка да паднябення, рыпела, агрызалася, клекатала. Я ледзь стрымліваў яе, ледзь трымаў, глытаў — спрабаваў скінуць уніз. Але ж бурбалкі патрабавалі выйсця, яны казалі: „Выпускай, ліхадзей“. Я ў гэты момант пазіраў на выступоўцаў, на поўную залу і ўяўляў сваю ядзерную адрыжку. Вось быў бы ваенны перформанс.

З’явіўся малады хударлявы чалавек з бледным іранічным тварам, калючымі вачыма, з кароткімі цёмнымі валасамі. Ён сказаў:

— Вось так і нараджаюцца легенды аб мёртвым салдаце.

Мы з сантэхнікам пераглянуліся.

За спінай заныў курдупель:

— Я не ведаў, што мяне чакае заўтра. У нейкім сэнсе я быў згубленым, беспрытульным чалавекам... Не было пэўнасці ў жыцці.

41.

Я трапіў у вялікую прадуктовую краму, але пакупнікоў не было. Дыхалася тут цудоўна! Знаёмы пах садавіны і гародніны ап'яняў. На паліцах стаялі стройныя рады са слоікаў, дзе плавалі марынаваныя памідоры і квашаная капуста. Каўбасы і сала падскоквалі да столі, нібыта іх казыталі. Шматлікія тарты выглядалі бранябойнымі войскамі. Бутэлькі з каньяком і хорціцай запрашалі на двубой. Я рухаўся сярод паліц і круціўся вужакай, не ведаючы, на чым спыніцца. І вось у адным месцы я спатыкнуўся. Мяне нібыта ўдарылі па назе. Гэта быў ён — прыяцель з мінулага — глазураваны Сырок, які ляжаў у лядоўні і свяціўся абгорткай. Ён спытаў адразу:

— Ці ёсць жыццё на Марсе?

Я папярхнуўся ад нечаканасці і адказаў туманна:

— Я зазіраў у чорнае люстэрка і бачыў далёкае вока прарока. Чорны ром натхняў мяне на прыгоды й падарожжы.

Ад майго адказу Сырок скрывіўся і пацікавіўся:

— Распавядзі пра бацьку.

— Пра бацьку? Пра самаабвешчанага? — не зразумеў я.

— Пра роднага бацьку, — удакладніў Сырок. — Хачу зразумець, адкуль ты такі ўзяўся.

Я згадаў:

— Бацька заўсёды быў летуценнікам. Марыў мець незвычайную машыну і таму з гаража не вылазіў. Прыдумляў, складваў, варыў, шліфаваў — у выніку ў яго нараджаліся металічныя хуткасныя акулы і дэльфіны. Здавалася, што бацька плавае побач з імі ў батыскафе.

— Ну тады ўсё зразумела, — зрабіў высну Сырок. — Батыскаф ад батыскафа недалёка плавае.

— А ты прыдатны для ежы? — запытаўся я ў Сырка.

— Пайшоў адсюль на тры літары! — зароў Сырок. — І не абарочвацца, я сказаў!

І сэнс у гэтай краме, думаў я, калі ежа не для ежы? Таблічку на краме трэба ўсталяваць: „Ежа для размовы“.

Далей мяне спыніў вокрык:

— Я згадваю вядомага культуролага, які любіў паліваць брудам сумленных людзей! Радуюся, калі людзі маюць захапленне!

Я прыгледзеўся да крыкуна — „Лідскі“ цёмны квас.

Я ўдакладніў:

— Здагадваюся, што гаворка пра Калігулу, які прыраўнаваў маладую жонку да пісьменніка? Шуму было на ўсю літаратурную тусоўку.

Квас сплюнуў накрыўку і працягваў:

— Так, гэта быў ён. Тады ўвесь культурны Менск пра тое гудзеў. Распавядалі, як прыўкрасны Калігула ляцеў праз стол і ламаў модныя акуляры пісьменніка. Ну тады ўсё было зразумелым. Калігула заяўляў, што звараны ўкрутую. Усё — заслона падае. Тэатр выйшаў у адстаўку.

Завыла воўкам Сала. Каля ног прабегла некалькі спалоханых гномаў.

Я са спачуваннем спытаў:

— Што з Салам?

Квас скрозь слёзы патлумачыў:

— Яно хоча ў Ажу-рой-сці!

Сырок здалёк пацікавіўся:

— Гэта дзе?

Я распавёў:

— Гэта ў цёмных балоцістых лясах на мяжы краін. Дарогу, якая вядзе ў нікуды, сцеражэ пярэварацень. Неба там чыстае і падобнае да шкарлупіння ад яйка. Там жыве адзінокі выдавец Логвінаў, які на вашае пытанне „Гэта дзе?“ адкажа проста: „Памятаеш балоты з фільма пра сабаку Баскервіляў? Памятаеш. Гэта тыя самыя. Гэта там“.

Сала працерла заплаканыя вочы і зачытала з сурвэткі:

— Ляснік граў. Ягоныя тоўстыя рукі бегалі па фартэпіяна. Цікалі думкі гадзіннікамі. Хвілінкі. Імгненні. Ён скончыў граць, устаў і падышоў да люстэрка. На яго пазірала штосьці няголенае і апухлае. „Сапраўдны сабака Баскервіляў“, — падумаў ён.

Я задаў рытарычнае пытанне:

— Скажы, Сала, як выдаваць кнігі пры хунце? Бо ў бяспраўнай краіне гэты працэс падобны да штампавання тэрарыстычных улётак.

З’явіўся апухлы барадач з пакутлівым позіркам. На ягонай шыі вісела табличка: „Ляснік неядомы — прыдатны толькі для размовы“.

Ляснік сказаў:

— У люстэрку распаўзалася цвіль, калматыя бровы апраналі белае футра. Нос чырванеў багром... Вожык перапаўзаў па падбароддзі... Жаўцеў зубны шлях у бездань цела. І гучала слова, якое было рэшткамі ежы ў зубах...

42.

Мы з курдупелем разыгралі тэатральную сцэнку з жыцця эмігрантаў. Такія гульні давалі псіхалагічную разрадку і магчымасць ненадоўга забыцца на тунэль і ягоных жыхароў. Мы па чарзе агучвалі толькі што прыдуманых намі персанажаў, але мне пачынала здавацца, што паўставала мая асабістая гісторыя.

— З'яджайце. З'яджайце, — паўтарыў як загіпнатызаваны курдупель. — З'яджайце адсюль дамоў. Я застануся адзін, — сказаў, нібыта зрабіў вырак.

Я працягваў:

— Я ўявіў, як заплакала дачка Фелікса. Перад вачыма паўстала жонка са складзенымі на грудзях рукамі і са згубленым позіркам.

Курдупель трагічна:

— У яе былі шкляныя вочы.

Я трагічна:

— У адну кропку.

Курдупель уздыхнуў і працягнуў:

— Яшчэ месяц таму яны не маглі нават уявіць, што так усё абернецца. Вандроўка за мяжу абяцала шмат незабыўных прыемных уражанняў. Рыхтаваліся да паездкі не вельмі грунтоўна, узялі літаральна самае-самае неабходнае для падарожжа. Таму багаж складаўся толькі з валізы і маленькага заплечніка...

Курдупель зрабіў паўзу і працягнуў:

— „Лідзія, — сказаў Фелікс жонцы, — у іх прэтэнзіі толькі да мяне. Таму да вас пытанняў не будзе, калі вы вырашыце вярнуцца“.

Я дадаў:

— Напэўна, ягоная жонка рэзка ўскочыла, падбегла да яго і закрычала: „Ты нас ніколі не любіў! Эгаіст! Думаеш заўсёды толькі пра сябе! Што, так лягчэй жыць? Хочаш застацца адзін і пачнеш зноўку бухаць?!!“

Курдупель усміхнуўся і працягнуў:

— Фелікс не стаў спрачацца, бо ён разумеў, што словы жонкі не злыя — сказаныя ад безвыходнасці і ад збянтэжанасці. Фелікс не хацеў, каб яны з’яджалі, але ён не ведаў, што рабіць. Свет увадначассе абрынуўся і разбіўся на аскепкі.

Я сказаў:

— Сафіты гаснуць. Акцёры сыходзяць.

У гэты момант пагасла святло і запаліліся свечкі. Па сценах сталі танчыць злавесныя цені.

Курдупель гучна высмаркаўся і потым сказаў:

— Фелікс сышоў са сцэны. І застаўся сам-насам са сваімі думкамі. Ён думаў над тым, як быць з гэтай нечаканай свабодай. Свабода была эфемернай, але ён адчуваў, што ўзурпатарскія вяроўкі яго ўжо не трымаюць. Раней здавалася, што свабоды мала, а цяпер, калі насыпалі — бяры не хачу, — ён не ведаў, што з ёй рабіць.

Я дадаў:

— Калі Фелікс прыязджаў у новы горад, ён хацеў ездзіць на трамваях і ў аўтобусах. Любіў заводзіць размовы з незнаёмымі людзьмі...

Курдупель дадаў:

— Аднойчы ён нават замовіў каня і раз’язджаў на ім па горадзе.

З’явіўся белы конь, які зарагатаў і закрычаў:

— Вецер перамен прыносіў мне сілы! Фелікс глядзеў навокал і бачыў нязменную карціну: атрады сілавікоў рухаюцца з пудзілам мядзведзя!!! — конь стукнуў капытамі.

— Падобна да праўды, — пагадзіўся я. — Бяры ноту
вышэй, конь, каб не было фальшу.

Конь лямантаваў:

— Першага верасня ва ўсіх навучальных установах назіралася цунамі! Інакш кажучы, жывая галава
з тэлеэкранаў абвяшчала, што нарэшце прыйшло да
ўсіх ліха, якое пастукалася ў дзверы капытамі з падковамі і сказала асіплым голасам: „Не да законаў цяпер...
Уладу варта ратаваць“.

— І што? — здзівіўся курдупель.

Конь удакладніў:

— Што-што? Конь нашто? Дакладней, ліха, безвалосае, але вусатае, пагрукалася раніцай у сярэднюю менскую школу. Цяпер у снах гэтае быдла прыходзіць да
дзетак штодня і яны прачынаюцца ўначы з крыкам і
слязьмі.

— Ну і што?!! — не разумеў курдупель.

Конь удакладніў:

— Што-што? Печ не гарэла. Ровар не ехаў. Кветка
не размаўляла. Пчала не гудзела. Ліха маркоцілася ды
грукала капытамі штодня ў прэзідэнцкім палацы —
шліфавала паркет падковамі. „Што-што, — у яго пытал
ся, — чаму не да законаў?“

Я патлумачыў:

— Яно адказвала прымаўкай: „Дурням закон не пісаны“. І гагатала бы той конь. Дакладней, як наш конь.
Лысіна блішчэла — мабыць, крэмам змазвала. Сівыя
вусы варушыліся. Брала шпіца, нібы шніцаль, на стол,
а потым пад паху і скакала па пакоях. І не супакойвалася аніяк, бо дужым было, падла.

43.

Чым больш я думаю пра сэнс жыцця, тым больш разумею сваю бездапаможнасьць. Бо колькі жыве чалавек, столькі ён б'ецца галавой аб гэтую сцяну. І здаецца, адказаў шмат, але лоб чамусьці ў крыві.

44.

Я рухаўся. Ззаду дробненька тупаў курдупель. Наперадзе на лавачцы чакаў Ярыла Пшанічны, які, вітаючыся, памахаў рукой. Я ўжо даўно заўважыў, што некаторыя прывіды маіх сяброў з'яўляліся часцей за астатніх. Тлумачылася гэта, пэўна, тым, што пры жыцці яны былі для мяне важнейшыя за іншых.

Калі мы падышлі, Ярыла, усміхаючыся, сказаў:

— Я гасцінцаў для вас прыхапіў. Спадзяюся, анічога не сапсавалася, — і выцягнуў з заплечніка бляшанку з кількай у тамаце. — У мяне і адкрывалка ёсць, — дадаў прыяцель.

З кожным рухам адкрывалкі бляшанка павялічвалася. Спачатку яна выглядала звычайнай, калі ж Ярыла яе раскрыў, стала пяцілітровай. Ярыла прапанаваў:

— Частуйцеся.

Пасля чаго сам пагрузіў у бляшанку руку амаль да локця. Соус запузырыўся. Ярыла заўсміхаўся больш злавесна, ягоны рот расцягнуўся ад вуха да вуха. Ён выцягнуў з бляшанкі чырвоную руку — і на ёй трымцела, учапіўшыся зубамі, жывая рыбіна.

— Добра бярэцца, — радасна паведаміў сябра і пачаў грызці рыбіну з хваста.

Я не ведаў, як рэагаваць. Дапамог курдупель, які сказаў:

— Я веган.

Я падхапіў:

— Я ўсім веганам — самы вялікі веган. Я не ўжываю мяса і рыбу — закадзіраваўся!

Пасля гэтага мне здалося, што Ярыла ачомаўся. Шаленства ад яго адступіла, ён выплюнуў хвост, укінуў рыбіну назад, адсунуў бляшанку і прызнаўся:

— Я цяпер даглядаю кінатэатр silent green. Курдупель, ідзі да нас працаваць — нам такія праныры патрэбныя.

— Што трэба рабіць?

— Мы снег развозім. Снегу ў Берліне мала. Мы раскідваем яго ў парках і па футбольных стадыёнах. Загружаем у лядоўні. Сыплем на вакзальныя рэйкі. Многа працы.

У гэты момант Ярыла стаў снегавіком. Ён усміхаўся, рыпеў пальцамі-галінкамі, зляпіў снежку і кінуў курдупелю ў вока.

45.

Гэта быў самалёт. Я сядзеў у крэсле каля ілюмінатара і назіраў за тым, як мы набіраем вышыню. Унізе плёскалася мора і сінелі маленькія выспачкі зямлі.

Салон аказаўся на дзіва пустым: акрамя курдупеля, я не бачыў пасажыраў. Я пакутліва думаў: „Непапулярны маршрут ці тэхнічны збой з продажам квіткоў?“

Курдупель заўважыў:

— Не хвалюйся, у самалёце мы не адзіныя пасажыры — зараз прыйдзе наш сябра Алесь Родзін.

Замест Родзіна прыйшла сцюардэса. На бэйджы я прачытаў: Сюзанна Стрэйдж. Пра такіх кажуць: „ногі ад зубоў“. Яна не рухалася — плыла ў марудным танцы. Я нават заглядзеўся.

— Добры дзень, — павіталася сцюардэса, гіпнатызуючы блакітнымі вачыма. — Што вам прынесці — вады, кока-колы, фанты, гарбаты, кавы, піва, чыпсаў ці чагосьці яшчэ?

— Мне піва! — закрычаў курдупель. — Мне светлага піва!

— Мне, калі ласка, віскі і колы, — папрасіў я.

— І мне, даражэнькая, таксама віскі і колу, — прамовіў Алесь Родзін з-за спіны сцюардэсы.

Сцюардэса сышла, і Алесь сеў побач з намі.

— Алесь, — сказаў я, — мяне ўсё не адпускае твая манументальная карціна „Міфалагема тысячагоддзя“, над якой ты працаваў шмат гадоў. Яна жыве бясконцым космасам сімвалаў. Такое ўражанне, што мяне хапаюць шчупальцы з палатна і цягнуць у свет, напоўнены невядомым... Там ёсць касмічны карабель, і я ўпэўнены, што гэта я выправіўся да далёкіх планет. Мы жывём адначасова ў розных паралельных сусветах.

Алесь пагадзіўся:

— Так, Зміцер. Ты ўсё правільна зразумеў.

Прыйшла сцюардэса і прынесла замоўленыя напоі. Яна раптоўна далучылася да нашай размовы:

— Як космас расквеціцца сполахамі зорак, гэтак прыйдзе маладая. Як крыкі іншапланетных птушак парушаць спакой касманаўта, гэтак народзіцца міф пра чароўную песню.

Курдупель дадаў:

— Нечакана прачнуўся вулкан, які заўсёды мне быў прыемным. У яго сімпатычная магма і добрае пачуццё гумару.

Алесь Родзін здзівіўся:

— Ты пра Ісландыю?

— Не, спадар Алесь, — я пра дух творчасці. Між іншым, Карлсан запрасіў мяне на канцэрт з перформансамі ў дзіўнае месца пад назвай trixter. Добра ведаючы Карлсана, я прыйшоў да высновы, што гэта, пэўна, чарговае тусовачнае месца з усімі атрыбутамі сквота.

— Пойдзеш?

— Пайду.

Сцюардэса дадала:

— Я вельмі люблю тусоўкі... Мне падабаецца на іх напівацца... Аддаю перавагу кактэйлям: „Крывавая Мэры“, „Сонца дальнабойшчыка“, „Малады кратар“. Я б таксама пайшла з табой да гэтага таямнічага лятучага чалавека, але заўтра мне трэба на рэйс да Нью-Ёрка.

— Алесь, — запытаўся я, — ты сумуеш па „Тахелесе“ і ягоных тусоўках?

Алесь усміхнуўся:

— Зміцер, што сумаваць? Было і было — жыццё не стаіць на месцы. Для Марціна Райтэра гэта велізарная страта, бо ён цягнуў на сваіх плячах гэтую камлыгу пад назвай „Тахелес“... Вядома, там была сапраўдная вольніца, але ўсё скончылася. І дзясяткі мастакоў згубілі ўласны дом...

Я заўважыў:

— Сучасны Берлін адрозніваецца ад іншых гарадоў Нямеччыны. Ён напраўду нагадвае Менск дзевяностых — шмат свабоды і дзівацтва.

Сцюардэса раптам загаласіла:

— Штосьці мне кепска — у страўніку стракозы лятаюць! — І званітавала на мяне.

Выціраючы ваніты, я зірнуў у ілюмінатар і звярнуў увагу на тое, што крылы самалёта чамусьці рухаюцца накшталт верталётных лопасцей. Яшчэ мяне ўразіла іх празрыстасць і сетка жылак. Я падумаў, што, магчыма, знаходжуся ў целе вялікай стракозы.

46.

Стракозу званітавала. І я, быццам снарад, вылецеў у тунэль. Ляснуўся аб сцяну і, пэўна, палову гадзіны прыходзіў у сябе. Потым я пабачыў мэтра — літаратара Андрэя Бітава. Ці, дакладней, стаяў толькі бледны прывід мэтра, які прасвечваўся. Здавалася, што наляці зараз лёгкі ветрык — і Бітаў, той, што насамрэч зусім быў не Бітавым, адразу знікне. Я глядзеў на цень пісьменніка і баяўся дыхаць.

У свой час Андрэй Бітаў паўплываў на мяне вельмі моцна. Першую ягоную кнігу я прачытаў у шаснаццаць гадоў, і я тады быў у захапленні. Я зачараваўся музыкай радка, вобраза. Паэзія і проза тут трымаліся за рукі і дыхалі ў адзін такт. І праз шмат гадоў лёс звёў мяне з самім пісьменнікам. Гэта адбылося, калі я працаваў у 90-я ў газеце „Культура“ і рабіў рэпартаж пра прыезд расейскіх пісьменнікаў у Менск. Акрамя Андрэя Бітава, мне тады запомніліся Валерый Папоў, Яўген Папоў і Бэла Ахмадуліна. Вершы апошняй, як мне тады здавалася, мусіў ведаць кожны. Але, як ні дзіўна, чэргі па аўтограф да паэткі не выстройваліся, і ўвогуле — яе ніхто не заўважаў. Тады з Бэлай Ахмадулінай у кавярні гатэля я сядзеў і піў гарэлку. Менавіта з Бітавым пазней я сустракаўся не аднойчы — у Маскве, на выспе Готланд. Мы з ім пілі віно і вялі размовы пра літаратуру.

І нечаканыя словы прывіду мяне не застрашылі — хутчэй здзівілі, бо нагадвалі набор вобразаў і бязладных думак:

— З гэтым паветрам наляцелі хмары — цяжкія і навальнічныя, — шаптаў Бітаў. — Чытач паглядзеў на неба, ашчэрыўся, сеў на ўзгорку, раскрыў чырвоную кнігу — са старонак пасыпаліся літары. Чытач назіраў ляніва, з абыякавасцю, нібыта так бывае заўсёды. Літары падалі і разбягаліся барсукамі. Чытач зноўку зірнуў на неба, яму падалося, што хмары падобныя да сардэлек, запханых у крафтавую паперу. Золкі вецер дыхаў лісцем, і здавалася, што ад гэтага подыху паміраюць звяры. Выпадковыя людзі ператвараліся ў чарот.

— Вы гэта мне? — нясмела запытаўся я.

Бітаў зірнуў на мяне і сказаў толькі:

— Зноў ваніты, — потым стаў глядзець кудысьці наперад і закрычаў: — Пушкін! Пушкін, выходзь! Чытач закінуў медузу ў рондаль, узяў са стала малітоўнік і пачаў гучна чытаць. Словы асыпаліся ў ваду. Вада бурбулілася. Гатавалася страва.

У гэты момант з цемрачы тунэля выйшаў цемнаскуры кучаравы малады чалавек у фраку, які звярнуўся да Бітава:

— Вы мяне звалі?

Бітаў не зразумеў:

— Ты хто такі?

— Пушкін Аляксандр Сяргеевіч, — прадставіўся хлопец.

Бітаў не паверыў:

— Не дурыце мне галаву, малады чалавек.

— Ды вось дзюрка, — сказаў Пушкін і расшпіліў фрак. — Вось, бачыце, як свеціцца.

— Спадар Андрэй, — сказаў я Бітаву, — гэта напраўдзе прывід Пушкіна. І вы таксама прывід Бітава. Вакол адны прывіды і цені. Вы прызвычайвайцеся, бо, насамрэч, нічога іншага не будзе. Сонца згасла. Чытачы памерлі.

— А ты сам хто такі, тваю маць? — Бітаў злосна на мяне зірнуў.

— Не згадваеце? — сказаў я. — Паэт Зміцер Вішнёў — мы з вамі некалькі разоў сустракаліся. На выспе Готланд віно пілі.

Тым часам Бітаў бедаваў:

— Я паставіў кропку. І падумаў: „Выдавец гэтай кнігі абасраўся. Прычым гэта не афарызм. У прамым сэнсе абкакаўся — проста ў майткі. Што ж здарылася? Не любіў выдавец аўтара. Нагаворваў на яго. Пляткарыў. Шыў для аўтара смярдзючую робу. Тады аўтар падпільнаваў выдаўца ў цёмным закутку і даў яму піздзюлей. І тады выдавец абкакаўся. Гэта было гучна. Рык і пляскач“.

— Аляксандр Сяргеевіч, — сказаў я. — Вам шмат дзе помнікаў панастаўлялі, а цяпер шмат дзе дэманціруюць. Гэта ж, як памятаеце, стары лавіў невадам рыбу...

Нечакана з’явіўся курдупель і зашаптаў:

— Я прапаноўваў наступны тэкст на вокладку: „Калі прыйдзе дрывасек, будзе ціха, нібыта свет перакуліўся і ператварыўся ў лёд. Сякера-цягнік, сякера-трамвай прагудзе — і ачухаецца планета. Чмыхне і прачнецца ад анабіёзу далёкі Марс“.

Уздыхнуў Бітаў. Сплюнуў Пушкін. Ікнуў курдупель.

Я таксама ўздыхнуў і заўважыў:

— Ні кроплі праўды. Ці ні кроплі алкаголю? Скончаны антыраман — аўтар у разгубленасці. Рэдактар — садыст. Нават больш за тое. Цытату Скрыгана адрэдагаваў. Нават цытату Сервантэса спачатку змяніў, але потым рэдактара нешта напалохала, і ён закрэсліў свае заўвагі. Дык што здарылася са мной і маім антыраманам? Рэдактар сказаў „г", але „г" унікальнае — і ў гэтым ужо ёсць цымус.

Пушкін сказаў:

— Злыдні.

Курдупель пачухаў галаву і прызнаўся:

— Я стаміўся ад марскіх эксперыментаў. Давайце будзем шчырымі: алкаголікі бачаць белых коней, а некаторыя з іх — рыбак. Што з гэтым рабіць?

Бітаў усміхнуўся.

47.

Рукі ў сонца былі запэцканы ў мёд — я адчуваў іх на сваёй шыі. Разам з гэтымі дотыкамі спаўзаў кропелькамі пот. Нясцерпна хацелася піць. Мы з курдупелем выйшлі да тэлевежы, вакол якой было шмат дрэваў. Я сказаў: „Які прыгожы сад". Курдупель тады забубніў, што „сад як сад — яблычка б з'есці". Калі мы наблізіліся, высветлілася, што ў дрэваў няма кроны, а замест яе — нейкія велізарныя булавешкі. Нас чакаў яшчэ большы сюрпрыз. Мы зразумелі, што булавешкі — гэта гіпертрафіраваныя чалавечыя галовы. І мне стала страшна. Нібы дыхнула Сярэднявеччам, калі прагныя да крыві князі насаджвалі на кол чалавека. Здавалася, што ледзянымі сталі нават прамяні сонца.

Бліжэйшае дрэўца выпучыла патрэсканыя вусны, расплюшчыла ў чырвоных пражылках вочы і прастагнала:

— П-іі-іі-ць... Я жыў лёгка, як дыхаў. І піў, як пукаў. Піў літрамі і ствараў кнігі. І цяпер стаю тут, у роце ані макавай расінкі...

Другое дрэўца расплюшчыла пустыя вачніцы, пазяхнула, паказала гнілыя зубы і прастагнала:

— У мяне пахмелле... Дзе Венічка?.. Хоць бы глыточак карыяндравай.

Першае дрэўца зарыпела:

— Мне б лізнуць кроплю віскі...

Другое дрэўца зарыпела:

— Горла баліць... Мне б на электрычку і слоік з півам...

Ззаду прачнулася трэцяе дрэўца, якое выплюнула гнілую рыбіну і прастагнала:

— Мне б на мора рыбы павудзіць... І марціні...

Тут застагналі астатнія дрэвы:

— Саке...

— Штоф гарэлкі... Чычыкава сюды.

— Рому...

— Тэкілы...

— Каньяку...

— Эўрыдыку паклічце... Віна...

Сад шумеў; галовы боўталіся і балбаталі, валасы варушыліся... Відовішча, шчыра кажучы, не для слабанервовых.

Я сказаў курдупелю:

— Хадзем адсюль хутчэй. Я не магу на гэта глядзець.

Курдупель заўважыў:

— Усе яны калісьці былі людзьмі. Напэўна, некаторыя з іх пісалі кнігі.

Першае дрэва раптам закрычала, пырскаючы слінай:

— Выкапайце мяне хутчэй! Я больш так не магу! У мяне сябры паміраюць штодня! Мая галава хутка трэсне, як грэцкі арэх!!!

З'явіўся сантэхнік з зямлістым тварам і вялікай рыдлёўкай. На ім была спецвопратка, каска.

Дрэва з глыбіні зарыпела:

— Сёння зранку я пачувала сябе кепска. Хацелася паваляцца. Мае скроні ныюць. Нехта сякерай б'е па батарэях. Чаму? Смех кавальскім мехам запоўніў маю галаву. Старыя батарэі — гэта гучныя баяны. Мне думалася, што жыццё скончылася, а потым фантастычным чынам нарадзілася наноў. Я калісьці магла ляжаць і аплываць джэмам...

Сантэхнік уздыхнуў, паглядзеў на нас і пачаў выкопваць адно з дрэваў.

— Я ляпіў з сябе сантэхніка — чалавека новага стагоддзя! — закрычаў сантэхнік. — Кім павінны быць гэты персанаж? Кім?!! Кім?!! Крычаў я з балкона ў пустэчу жыцця. Потым я зразумеў, што ім павінны быць я — прыхільнік вайсковага бота, вораг зайцоў, аматар паэзіі і прафесіянал труб!

Мы з курдупелем апусціліся на зялёную траву.

Курдупель заўважыў:

— Безумоўна, пазбаўленне свабоды не радуе...

Сантэхнік, капаючы, паглядзеў на нас і сказаў:

— Без свабоды — жыццё як на пахаванні.

Адно з дрэваў закашляла і прарыпела:

— Філосаф, якога дыктатар пасадзіў сюды, меў моцны ўдар словам. Які гэта быў удар... Вуй, удар ударам. Біў ён раскошна... Ягоная сціпласць была толькі маскай. Пад акулярамі хаваўся сапраўдны баксёр слова...

Я заўважыў, што з нязвыклымі дрэвамі штосьці адбывалася. Яны не толькі выгіналі свае булавешкі, але выпучвалі вочы, выцягвалі вусны, скрыгаталі зубамі.

Адно з дрэваў правыла:

— Штогадовыя прэміі вызначаюць самых тлустых, самых ліловых, самых гучных літаратараў і літаратарак... Самых-самых...

Сантэхнік, капаючы, усміхнуўся:

— Магу самым-самым уручыць ад сябе гаечны ключ і пласкагубцы.

Курдупель прабурчаў:

— Пасля гэтага месяц не буду мыцца... Буду памінаць нябожчыкаў штораніцу чаркай...

Сантэхнік сказаў:

— Можа, дадасць нешта механічная малпа?

З зямлі выскачыла механічная малпа, якая запырхала, закруцілася ваўчком і заныла:

— Не ведаю я. Недасканалая я. Недагрызла банан я. Недаравальна мне. Скура гарыць, а сэрца плача... Недагледзелі... Не захавалі... Згубілі майстра слова!.. Малпы выйшлі ў бой!

48.

У тунэлі наперадзе стаяла чырвоная расчыненая труна, і там з пасінелым тварам ляжаў у чорным гарнітуры нябожчык. На развітанні прысутнічалі некалькі чалавек, сярод якіх я пазнаў святара.

І ў гэты момант адбылося немагчымае: нябожчык расплюшчыў вочы і прыўзняўся на локцях.

— Сябры, — сказаў ён хрыпла, — вы мяне расчулілі. Можа, я іншым разам памру? Яшчэ напішу кніг дзесяць? Пазаймаюся са студэнтамі гадоў пятнаццаць? Га?

— Ляжаць! — раўнуў святар памінальнай працэдуры. — Ляжаць, я сказаў! Сілы нябёсаў, знішчыце магію д’ябла!

Пасля гэтых слоў святар прароў нешта нецэнзурнае, выцягнуў з расы барвовы драўляны малаточак, падышоў да нябожчыка і ціхенька пляснуў яго па лбе. Той голасна выпусціў паветра і няспешна асеў. Прысутныя з палёгкай уздыхнулі і пераважгналіся.

Святар узняў рукі ўгору і гучна прачытаў малітву. Ягоны твар ад напружання перасякалі зморшчыны, а вочы змакрэлі.

Я не стрымаўся і шапнуў курдупелю:

— Гэта нейкі тэатр альбо зачараванае месца...

Курдупель азваўся:

— Вядома — зачараванае...

І тут матэрыялізаваўся п’яны паэт Анатоль Сыс, які ўпаў на калені ля труны, узняў рукі ўгору і дзікім голасам праенчыў:

— Святыя духі, прыйдзіце на зямлю, асвяціце гэтую падзею сваёй прысутнасцю!

(Любімы ў народзе, паэт Анатоль Сыс у апошнія гады свайго жыцця выглядаў жахліва: многія параўноўвалі яго з бамжом — брудная вопратка, раскудлачаныя валасы, неахайная барада. Неяк я сустрэў яго, калі валэндаўся разам з паэтам Змітром Плянам. Рухаўся тады Сыс з такім жа, як ён сам, брудным сябруком, і ўдвух яны з цяжкасцю цягнулі клятчастую чаўночную торбу. І Сыс сказаў штосьці кшталту: „Вішнёў, купляй маю кнігу — апошнія асобнікі“. Я адмовіўся. І Сыс з сябруком накіраваліся ў Таварыства беларускай мовы, дзе месцілася кнігарня. Клятчастая торба, як я зразумеў, была набітая пад завязку „апошнімі асобнікамі“. Змітра Пляна вельмі ўразіла знешнасць Сыса... Ён выдыхнуў: „Ну і бамжара“.)

Святар спалохана закрычаў:

— Хто яго сюды пусціў?!! Прыбярыце яго адсюль!!!

Двое мужчын кінуліся да парушальніка спакою і паспрабавалі адцягнуць яго ад труны. Але ж трэба было за гэтым назіраць!.. Сыс быў не з тых, хто так проста здаецца. Мужчыны кракталі, саплі і аніяк не маглі адцягнуць паэта, бо той упіраўся. Урэшце рэшт яны кінулі дурны занятак і ў бяссіллі развялі рукамі.

Святар зразумеў невырашальнасць праблемы і буркнуў Сысу:

— Добра — заставайся! Толькі не перашкаджай.

Сыс паблажліва адказаў:

— Дзякуй, бацюшка.

(Анатоля Сыса ў сваім жыцці я нагледзеўся досыць. Цвярозым яго амаль не сустракаў. Ён часта прыходзіў у сталічны Дом літаратара, дзе я працаваў літаратурным кансультантам. Памятаю, на пахаванні Васіля Быкава мы з літаратарам Юрыем Станкевічам наткнуліся на п'янага Сыса, які не мог устаць, і спадар Юры сказаў нешта злоснае, кшталту пра „жыццё блазна“.)

Сыс павярнуўся да мяне і сярдзіта паведаміў:

— Вішнёў — ты са сваімі бумбамлітамі ў пралёце.

Я ў адказ яму ўсміхнуўся.

Нечакана падышоў Серж Мінскевіч і канфідэн-цыяльна прашаптаў мне на вуха:

— Гэта ён ад зайздрасці кажа. Наш літаратурны рух на слыху — падрывае ягоны аўтарытэт і папулярнасць. Моладзь цікавіцца больш нашай творчасцю, а не ягонай... І скандалы не выратоўваюць ягоны імідж.

Курдупель замы́каў:

— Самае галоўнае — не спыняцца, рухацца наперад. І той монстр — не монстр, калі ў тваіх руках сіла. Сіла ветру. Сіла думкі. Сіла неба. Ты раскручваеш гэтую моц, нібыта прашчу, і кожны монстр агрызаецца, але адсту-пае ў выратавальную цемрач.

Сыс сказаў:

— Вішнёў, твая муза білася галавой аб батарэю і ка-зала: „Якая я тупая. Якая я тупая. Я такая тупая. Я да не-магчымасці тупая“.

Я адказаў:

— Сыс, як на мой погляд, смешным быць не страш-на. Часам нават карысна, тады загойваюцца раны.

Сыс нечакана загугніў:

— Трава. Ты бяжыш, раздзіраючы травы. Захлынае-шся слінай. У цябе звычайнае пахмелле... І вобмаль гро-шай.

Курдупель дадаў:

— Я слабы чалавек. І калі хочацца ў нечым прызна-цца, разумею, што спазніўся на дзесяць гадоў. Так, мне трэба было прызнавацца значна раней...

Сыс абняў курдупеля за плечы:

— І я супраць алкаголю, але трэба тэрмінова выпіць...

Курдупель Сысу:

— Да чацвёртага класа я быў хлопчыкам ціхім і сціплым. Потым — панеслася. Трапіў я ў школу, дзе адносіны як у савецкім фільме „Чучело“. Кожнага навічка даводзілі ўсім класам ледзь не да суіцыду. Таму магла выратаваць толькі бойка. І я біўся...

І тут „нябожчык“ гучна засоп з труны:

— Мой любімы паліраваны стол... Думкі бягуць, нібыта войска на марш-кідку... Цені нахіляюцца і шэпчуць пра сон-траву... Баляць пальцы... Пахмельныя коні танчаць нешта незразумелае... Смерць мяне ўжо не турбуе, бо я назіраў за італьянскім вайсковым нажом у дзеянні... Страшныя імгненні, на якія хочацца забыцца... Што ёсць сусвет?.. Што ёсць я?.. Што ёсць ты?.. Ніхто не ведае... Спыніць сэрца адным ударам!.. Крыкнуць!.. Ператварыцца ў лёд... Застыць з заледзянелым горлам... Тут... Там... Падковы цокаюць па брукаванцы... І барвовыя сляды вядуць у невядомыя землі...

49.

На стале стаяў цёмны трохлітровік. Можа, гэта той чароўны эліксір вечнага жыцця, пра які казаў Ярыла Пшанічны? Я пачаў разглядаць змесціва слоіка. Ну вось жа, сказаў я сабе, плаваюць цудоўныя зубы... Акрамя іх, у слоіку я заўважыў нос, вочы, рукі, ногі — там знаходзіўся цэлы чалавек!.. Гэта была зменшаная копія капітана Барады!..

— Барада, што ты робіш тут? — спытаў я.

Пачуў у адказ многа бурбалак, пены і ледзь разборліва:

— Гэта бабуля мяне зачаравала. Сказала: „Не хочаш быць казлянём, Барада, тады лезь у слоік з агуркамі“. Будзеш, маўляў, ветрам апеты і сонцам сагрэты. Сказала: „Сядзі там, пакуль цябе маладая пацалункам не адорыць“.

Капітан шырока заўсміхаўся ў слоіку. Зубы гэтак і свяціліся сярод агуркоў, як выбеленыя рыфы.

— Я зразумеў, што трэба дзейнічаць, — прабулькаў Барада. — Варта зразумець свае памылкі — інакш доўгачаканы спакой так і не прыйдзе. Сёння мяне мучыла думка, як выжыць старым караблям падчас тэхнічнай рэвалюцыі?

Курдупель з-за спіны заўважыў:

— Капітан Барада летась спрабаваў працаваць у адной лацінаамерыканскай краіне ў Музеі актуальнага мастацтва.

Барада булькаў:

— Будынак музея месціўся ў цэнтры горада і нагадваў маленькі замак пасля аблогі крыжаносцаў. Вокны былі крывыя, лесвіцы рыпучыя, сцены суцяшалі сваімі дзюркамі. Па пакоях лётала моль і жэрла творы мастацтва. Наглядчыцы бегалі з мухабойкамі, але ўсё марна: моль была неўміручай…

Я хмыкнуў і канстатаваў:

— Музейная моль — гэта страшна.

Барада заўважыў:

— Дырэктарам музея працаваў незабыўны Маркес…

— Той, які Габрыэль Гарсія? — удакладніў я.

— Не — той, які Хуліа… Выглядаў ён рэспектабельным чалавекам. Зранку ён заўсёды з’ядаў яечню з грудзінкай і цыбуляй, запіваў сняданак пінтай моцнага піва. Ён спрабаваў быць мастаком, але гэта яго не выратоўвала ад кпінаў з боку супрацоўнікаў музея. Усе ведалі, што Хуліа не мастак. Як кажуць у народзе, рукі ў яго раслі не з таго месца. І ягоныя маляваныя людзі нагадвалі камяні. Тут бы яму ў авангардысты запісацца — на жаль, Хуліа быў далёкі ад канцэптуальных пошукаў. Для яго чорны квадрат Казіміра Малевіча быў не лепшы за кляксу атраманту.

— І што ў ім было незабыўнага? — запытаўся курдупель.

Барада выбулькнуў:

— Дырэктар музея хаваў маленькі сакрэт. Ён заўсёды трымаў у сейфе пляшку тэкілы, цытрыну, трыста амерыканскіх долараў і распіску, у якой рэдактар сталічнага часопіса прызнаваўся ў злачынстве...

Курдупель прагугнявіў:

— Тоўстыя і нахабныя кірлі ўпотай шнырылі паміж людзьмі...

Я падхапіў гугнявасць курдупеля:

— І лілася песня, падобная да шампанскага з бурбалкамі і пенай. Яна шыпела, плюхалася, туманіла галаву. Сонца свяціла па-восеньску. Халодныя жоўтыя промні не сагравалі. Хацелася захінуцца ў плед і цадзіць нешта цёплае з кубка...

Барада дадаў:

— Хуліа, той што Маркес, адчуваў у душы раздвоенасць...

Курдупель з сарказмам:

— І не дзіўна.

Я паглядзеў на курдупеля і капітана Бараду і прызнаўся:

— Трэба ачысціць свае мазгі і напісаць нарэшце кнігу пра лёс літаратара ў гэтым свеце. З чаго пачаць аповед? З таго бутэрброда, што аўтар не даеў на сняданак? Ці з той гарачай кавы, заваранай проста, як кажуць у Менску, па-варшаўску? Магчыма, трэба пачаць з той залатой цукеркі з арэшкам? Мо варта згадаць тое шатландскае віскі з курапаткай на этыкетцы? Я думаю, што гэта ўсё пацеркі адных караляў. Страхі шкуматаюць галаву, і ты разважаеш над тым, дзе ад іх схавацца. Лепшае, што ты можаш зрабіць, — засесці за прагляд тупога крымінальнага серыяла. Тады сэрца і розум паволі суцішацца.

Капітан Барада ўдакладніў:

— Трэба кумпель распаласаваць. І тады сэрца загучыць голасам папсовай спявачкі і будзе аблівацца таматным сокам, а розум увогуле схаваецца пад плінтусам.

Курдупель глыбакадумна дадаў:

— Разважаць пра жыццё я не ўмею...

Я працягнуў:

— Думкі мяне раздзіралі. Я не ведаў, як прыладзіцца да тэксту. Галава здавалася надзьмутым паветраным шарам. Роздумы былі падобнымі да слізкіх вугроў — яны свідравалі чэрап ва ўсіх напрамках. Я не ведаў рашэння, таму бесперапынна накручваў па пакоі колы. Нагадваў зняволенага Сервантэса. Праўда, я мог пакінуць пры жаданні гэты пакой, вось толькі сцены, збудаваныя ў галаве, аказаліся непераадольнымі...

Курдупель сказаў:

— Нагадвае нашага зняволенага Бараду...

Капітан Барада прабулькаў:

— Наліце мне ў слоік віскі, і тады я распраўлю крылы і палячу.

Курдупель заўважыў:

— Сцены ў новых дамах тонкія, быццам з кардону. Сцены ў слоіках шкляныя.

Капітан рашуча забулькаў:

— Разганюся і праб'ю! І палячу аэрапланам. Буду дыхаць свабодай!

Я заўважыў:

— Ты хоць са слоіка выкалупайся.

Барада паслухаўся і з цяжкасцю высунуў са слоіка мокрую галаву. Потым стаў упірацца нагамі і рукамі, спрабуючы цалкам вылезці, але ўсе высілкі былі марнымі. Невядомая сіла трымала капітана. У рэшце рэшт і галаву зацягнула назад. Прычым адбыўся стрэл, як быццам адкаркавалі шампанскае.

Курдупель прапанаваў:

— Барада, паспрабуй разбіць слоік галавой! На раз, два, тры — бі! Гэх! — бедаваў курдупель, заўважыўшы марнасць парад.

Курдупель дадаў:

— Ну хоць мазгі страсянуў, хоць успузырыў іх марай пра свабоду.

Я прапанаваў:

— Можа, расквасім слоік малатком?

І курдупель ужо бег з малатком да слоіка. „Хрась!“ — і той ад удару выскачыў з рук курдупеля і паляцеў у сцяну. У слоіку ж не з'явілася ніводнай трэшчыны.

Тады мы пакінулі слоік з капітанам на волю лёсу.

І яшчэ колькі хвілін чулі за спінамі жаласнае булькатанне.

50.

Магчыма, я знаходзіўся ў нейкім паралельным свеце. Жыццё тут запаволілася і перакулілася. Святло ў тунэлі стварала даўгія, выцягнутыя цені, падобныя да чорных нажоў.

За спінай шпацыраваў курдупель, які ціха ныў і не даваў сабрацца з думкамі.

— Я запускаю свае думкі ў соус і выцягваю адтуль паштэт, — сакатаў курдупель.

Наперадзе нечакана паўстала аднавокая чырванашчокая велiканка, якая хрыпла зарагатала. Нават здалёк я адчуваў ейны невыносны смурод.

— Ты мудак! — заявіла велiканка і ўсміхнулася беззубым ротам. — Ты — мудак! І я ў гэтым не сумняваюся. На тваім мудзячым твары напісана тлустымі чорнымі літарамі — мудак! І я цяпер у гэтым канчаткова пераканалася. Ты мудак — ад слоў „мутны судак“! Га-га! Га-га!

Пасля гэтага велiканка пачала на мяне насоўвацца, у правай руцэ я заўважыў металічны кастэт. Сітуацыя склалася нестандартная — трэба было прымаць рашэнне імгненна. Я падскочыў да агрэсіўнай цёткі і ўдарыў першым. Я трапіў у пуза, бо вышэй не даставаў. Велiканка сагнулася.

— Сама мудзіха, — адказаў я.

„Ты паступіў як мудак“, — зашаптаў мне ўнутраны голас. „Мудак-мудак“, — паўтараў мне голас. „Што я мог? — апраўдваўся я перад сабой. — Яна ж ішла на мяне з кастэтам, як танк“.

Побач заспяваў курдупель:

— Врагу не сдаётся наш гордый „Варяг“!

Мы пачулі грукат. У наш бок напаўзаў сапраўдны танк, які стрэліў па нас...

Калі разышоўся дым, мы пабачылі снарад, які прыляцеў і ўторкнуўся „галавой“ у зямлю. Ён выскачыў на паверхню, страсянуў з сябе бруд. На танкавым снарадзе быў купальны касцюм, сонцаахоўныя акуляры і кепка. Ён прысеў пару разоў, ягоны „азадак“ дыміўся, потым расклаў замест пледа драцяную сетку і заваліўся на яе. Пасля гэтага ціха заспяваў: „Броня крепка, и танки наши быстры!..“

Курдупель стаў падпяваць снараду.

Я сказаў:

— Курдупель, закніся, калі ласка.

Між тым танк з’ехаў.

Веліканка тым часам трошкі ачуняла і застагнала:

— Я папярхнулася. Апошнім часам я была сама не свая. Мяне не пазнавалі. Я згубіла радасць у жыцці. Мне хацелася памерці. Можа, выпіць атруты, каб хутка і гудбай? Га, спагадлівыя?

Снарад павярнуўся да веліканкі і лісліва сказаў:

— Я прымаю толькі па аўторках і па прыват-страхоўцы. Мне патрэбная вашая гісторыя хваробы — тады і паразмаўляем. Дарэчы, забіваю толькі ў выключных выпадках пасля здачы аналізаў.

Курдупель прызнаўся:

— Усю ноч я намагаўся напісаць ліст да бабулі...

Я падышоў да веліканкі. Яна сядзела, прытуліўшыся да сцяны, і злосна на мяне пазірала адзіным вокам, налітым крывёй.

— Вы даруйце мне, — сказаў я. — Я пабачыў у вашых руках кастэт і быў вымушаны...

Велiканка заўважыла:

— Табе пашанцавала, мудак. Бо я мела намер зрабiць з цябе новую шахматную фiгуру.

Пасля гэтага велiканка страшна захрыпела.

Курдупель паказаў на драўляную бочку i сказаў:

— Штосьцi мне падказвае, што тут хаваецца адказ.

Збоку да бочкi прымацавалi кранiк, i стаяла шклянка, якую курдупель не прамiнуў напоўнiць. Глынуўшы, ён урачыста абвясцiў:

— Бярозавы сок!

Велiканка раптоўна зноў захрыпела: „И родина щедро поила меня / Берёзовым соком, берёзовым соком!"

Я заўважыў:

— Гэта настальгiя.

Велiканка раўла:

— Я выпiла бярозавiку i выцягнула браўнiнг! Зброю я хавала ў лесе! Часам раскопвала, цалавала i абмацвала! Высыпала са скрынкi прамасленыя залацiстыя патроны i аблiзвала iх!

Я папярэдзiў велiканку:

— Мае словы злыя. Яны выходзяць i шчэрацца вострымi зубамi. Iх немагчыма супакоiць i прыручыць. Яны не паддаюцца дрэсiроўцы. Па магчымасцi я нацягваю на iх напыснiкi, каб яны не кусалiся. Яны супрацiўляюцца. Агрызаюцца. Пырскаюць слiнай. Самыя вялiкiя, памерам з дзiка, чорныя i цяжкiя — самыя агрэсiўныя i крыважэрныя. Я асцерагаўся, што гэтыя пачварыны адкусяць палец або руку.

Велiканка адгукнулася:

— Хто ведае, што такое страх настальгii? Некаторыя вывучаюць яго, некаторыя пазбягаюць. I першыя, i другія плаваюць на ягонай паверхні і не могуць зразумець яго напоўніцу.

І тут падхапіў тэму курдупель:

— Так страшна выходзіць на вуліцу. Страх працінае цябе сотнямі маленькіх нябачных пік. Страх выпаўзае праз горла ціхай змяёй, і здаецца, што ад яго не пазбавіцца ніколі. Страх бярэ цябе за руку і вядзе ў самы дальні пакой у халодны ложак. Страх накрывае цябе з галавой коўдрай і ціха шыпіць на вуха незразумелыя заклінанні. Сярод сяброў і родных — толькі страх, які прапаноўвае выпіць, каб забыцца. Выпіць нечага моцнага, не важна чаго. Каб галава ператварылася ў сонную грушу. І тады страх па-бацькоўску пацалуе цябе ў ледзяны мокры лоб і адпаўзе на некалькі гадзін за цёмныя фіранкі.

Тут прачнуўся снарад, які зняў сонцаахоўныя акуляры і сказаў:

— Вам не трэба мяне баяцца. Я ваш лекар. Я буду пра вас клапаціцца. І вы зразумееце, што страх не хлусіць. Але як не звар'яцець, калі страх напрасіўся да вас у сябры і застаўся з вамі? Ён, па сутнасці, спараджэнне гэтай рэчаіснасці, у якой існуеце вы. Ці вы самі выдумалі гэтую рэчаіснасць? Што адбываецца з вамі? Што адбываецца ў вашай душы, у вашай галаве? Мне здаецца, што я вар'яцею. Шаленства засцілае вочы, і з гэтым немагчыма весці барацьбу.

Велiканка раптам ускочыла і пабегла прэч.

Снарад крыкнуў ёй наўздагон:

— Ну і я паляцеў далей — у мяне пацыент па запісе!

Курдупель заныў:

— Я не ведаю, як выжыць…

51.

— Што будзеш рабіць, калі цябе пасадзяць? — спытаўся ў мяне курдупель.

— Значыць, лёс такі, — сказаў я. — Спадзяюся, што не дойдзе да гэтага.

— Цябе ж цяпер не пусцяць у Беларусь. Ты тэрарыст, — прашыпеў курдупель.

— Да лепшага. І няма чаго мне там рабіць. Выдавецтва закрылі, — сказаў я.

Курдупель насупіўся і заўважыў:

— І заканчвай ужо з прыгодамі. Гэтыя твае сяброўскія міжсабойчыкі ў тунэлі да добрага не давядуць.

— Буду змагацца, — пагадзіўся я.

— Зрабі гэта! — крыкнуў курдупель і пачырванеў ад злосці. — Я табе кажу як паднагляднаму!

Мне здалося, што тунэль на імгненне асвяціла сігнальная ракета.

52.

Тунэль знік. Я стаяў на Патсдамер-пляц і не верыў вачам, бо не было людзей, машын, раварыстаў і панавала непраўдападобная цішыня.

Я разглядаў фрагмент Берлінскай сцяны, дзе размашыста намалявалі бел-чырвона-белы сцяг. Тут жа ззялі і ўкраінскія сімвалы. Гэта вельмі грэла душу.

На святлафоры выплыў Юрка і ягоная сям'я. Знешне ён нагадваў савецкага акцёра Алега Даля. Сумныя, заціснутыя, худыя — яны ішлі да мяне. Быццам цені — і сапраўды гэта перасоўваліся цені мінулага. Мы абняліся.

Я не чакаў пабачыць Юрку ў Берліне. Ужо каго-каго, а яго не мог уявіць у ролі эмігранта. Тым не менш побач стаяў Юрка, і цяпер я спрабаваў гэта ператравіць.

Юрка, хударлявы хлопец, здавалася, стаў яшчэ больш нервовым і запалоханым з таго часу, як мы бачыліся шмат гадоў таму. (Я памятаў, што Юрка павесіўся ў 90-я гады праз няшчаснае каханне, бо маці не дазволіла яму сустракацца з жанчынай. У іх была розніца ў дваццаць гадоў.)

І вось цяпер Юрку суправаджала жанчына, якую звалі Вера, і тая, наадварот, не губляла аптымізму. І з імі былі хлопец і дзяўчынка.

Я прапанаваў прайсціся да парку „Тыргартэн“, каб там паблукаць па алеях і наведаць дзіцячую пляцоўку, дзе дзеці маглі пазабаўляцца на арэлях і горках.

Юрка і Вера пагадзіліся. І пакуль мы ішлі, прыяцель падзяліўся цяжкасцямі жыцця:

— На працы прымушалі глядзець ідэалагічныя фільмы. І потым патрабавалі распісвацца ў журнале за кожны прагляд.

— Вырадкі. І ўлада іх свінячая, — заўважаў я.

— Што яны з ім зрабілі! Ты паглядзі, на ім жа твару няма, — казала Вера.

Я глядзеў на Юрку і пагаджаўся: твару на ім напраўду няма. Яны з Верай перажылі балючыя падзеі. Хоць пра сябе я зазначаў, што відавочных змен не назіраецца. Толькі бляск вачэй у сябра быў нездаровым, і здавалася, што ў іх танчаць маленькія чэрці.

— Юру з працы забралі тры амапаўцы. Яны чакалі яго каля выхаду. І потым прымусілі рабіць пакаяльнае відэа. Юра падпісаў усе паперы, дзе абавязаўся не браць удзелу ў тэрарыстычных арганізацыях.

Я ўздыхнуў.

53.

Побач матэрыялізаваўся пісьменнік Юры Станкевіч, які сядзеў у крэсле. На ім былі кашуля, штаны і хатнія тапачкі.

— Як пажываеш, Зміцер? — прабасіў мэтр.

— Добры дзень, спадар Юры, — адазваўся я. — Пішу. Збіраю ў альбом новыя словы.

— Карысная справа, — пагадзіўся мэтр.

— І я так думаю.

Я пазнаёміўся з мэтрам яшчэ ў 90-я гады ў рэдакцыі часопіса „Крыніца“, дзе ён тады працаваў. Выдавецтва „Галіяфы“ стартавала з кнігі Юрыя Станкевіча „Мільярд удараў“, і ўсе наступныя яго кнігі выходзілі толькі праз нас. Самым вядомым творам мэтра быў раман „Любіць ноч — права пацукоў“.

Станкевіч пацікавіўся:

— Навошта табе кангрэс беларусістаў? Што ты там забыў?

Я разгубіўся:

— Сярод беларусістаў сустракаюцца літаратурныя пацукі. Мяне цікавяць іх думкі, страхі, радасці, харчовыя схільнасці, хобі...

Станкевіч зарагатаў:

— Пацукі — гэта заўсёды добра!..

У гэты момант са сцяны выштурхнулася морда пацука, якая заварушыла вусамі.

— Паляўнічы прыйшоў, — заўважыў я. — Трэба сцерагчыся.

Станкевіч усміхнуўся:

— Ну няхай палюе. Абломім яму зубы.

Пасля гэтых слоў морда паляўнічага выцягнулася.

Я заўважыў:

— Увогуле даследчыкаў на кангрэсе можна размеркаваць па катэгорыях. Некаторыя даследуюць, як і я, пацукоў, другія едуць па ўражанні ад музеяў, галерэй... Важную катэгорыю складаюць даследчыкі бараў і рэстарацый. Сюды можна далучыць і тых, хто бухае на лавачках і ў гатэлі. Ну і ёсць яшчэ тыя, хто шукае рамантычных адносін — гэтых таксама заўсёды многа на такіх мерапрыемствах. Розныя бываюць матывацыі, спадар Юры.

Тут двухметровы мэтр устаў, падышоў да шафы і выцягнуў адтуль баксёрскія пальчаткі.

— Навошта? — не зразумеў я.

У гэты момант мэтр ужо падскочыў да паляўнічага і зрабіў хук справа. Пасля ўдару пакрыўджаная морда схавалася.

Мэтр засмяяўся:

— Трошкі размяўся.

Я сказаў:

— Кожны шукае свайго ворага.

Мэтр запытаўся:

— І якія ў выніку ўражанні ад паездкі? Якія новыя словы сабраў?

Я прызнаўся:

— Вогнішча вандроўкі казытала вуха. Зверху нехта нашэптваў пра аэрадромы, аэрапорты, вакзалы, самалёты, цягнікі, вагоны. Голас папярэджваў пра тэхнічныя збоі, пра аднолькавыя квіткі і нервовую дзяўчыну

ў сонцаахоўных акулярах. І кантралёр, якому было фі-
ялетава, рухаўся вагонным маржом. Усе знойдзеныя
словы я хаваў у чорным нататніку, які заўсёды браў з са-
бой...

Мэтр заўважыў:

— Зрабіў бы і гэтаму маржу-кантралёру хук справа.

— А якія словы вы збіраеце? Што вас турбуе апош-
нім часам? — спытаў я.

У мэтра скрывіўся твар, і ён прызнаўся:

— Даніла Прусак, герой майго рамана, доўга тры-
маў труса на руках і карміў яго дзьмухаўцамі. І я стаміў-
ся глядзець на іх. Сцэна паўтаралася штодзень і штоноч,
а я назіраў за ёй. У рэшце рэшт у мяне ўзнікла вострае
жаданне ўзяць нож... і разабрацца з усімі трусамі і пру-
сакамі. У той момант чырвоны дыск сонца падаў праз
акно на падлогу і качаўся маятнікам. Зрэшты я мацюк-
нуўся — і падумаў, што няхай жывуць. І пайшоў у краму
за скумбрыяй.

— Няпросты выбар, — пагадзіўся я.

Мэтр рэзюмаваў:

— Бывае.

Я згадаў:

— Аднойчы ў рэстарацыі Грайсвальда я еў залаціс-
тую бульбу з засмажанай камбалай. Рыба была проста
фенаменальнай. Я пырскаў на камбалу цытрынай — і
рыбіна выгіналася. Здавалася, што яна з задавальнен-
нем заплывае ў мой акварыум-страўнік. Прамарынава-
ны, запечаны маленькі памідор пырскаўся чырвоным
смехам. Я паглыбляўся ў смак.

Мэтр сказаў:

— Судак заплываў у акварыум і казаў па-чалавечы:

„Нарэшце трапіў у мясныя мясціны — цяпер наемся ад пуза“.

54.

Алесь Родзін, як заўсёды, штосьці падмалёўваў: кропка там, штрых тут. На палатне ўзрастаў новы сусвет. Эмоцыі, увасобленыя ў дэталях, зашкальвалі. Мастак заўважыў мяне, паклаў пэндзаль, падышоў.

— Ну як ты? Знайшоў свой Грааль?

Я прызнаўся:

— Нядаўна на блышыным рынку мне трапіліся старыя гульнёвыя карты. На іх намалявалі тыранаў мінулага, але ў дзіўным абліччы. У аднаго замест кароны была ў галаве шруба, у другога да лысіны прышылі хвост рыбы, трэці разразаў сябе самурайскім мячом. Такія выявы натхняюць на ўласную творчасць.

Тут з’явіўся таўстун з вялікай бурштынавай шрубай у галаве. З ягонага рота кропала сліна, у мясістых руках ён круціў серабрыстыя абцугі.

— Нянавісць як матылёк: ляціць на агонь і гіне ў пакутах, — сказаў ён. — Карані варажнечы сядзяць пад зямлёй і чакаюць моманту, каб выпаўзці на паверхню... І тады ад палітычных археолагаў анічога не застанецца...

— Толькі мастацтва, — сказаў мастак.

— Толькі мастацтва што? — не зразумеў я.

Мастак:

— Татальная стома — гэта як татальная мабілізацыя. Кругаварот непазбежны. Толькі мастацтва змяніць свет да лепшага.

Я выцягнуў з заплечніка апошнюю прыхаваную пляшку віна. Алесь працягнуў аднаразовыя кубачкі.

— А мне выпіць? Я таксама хачу, — закапрызнічаў таўстун.

Я наліў. Таўстун хутка выпіў і раптоўна ўчапіўся абцугамі за маю руку. „Закуска“, — засіпеў ён. Мастак прыйшоў мне на дапамогу: ён цюкнуў таўстуна пэндзлем па шрубе на галаве, той мяне адразу адпусціў і горка заплакаў.

З’явіўся незнаёмец, у якога, накшталт касы, да лысіны быў прышыты вялікі рыбін хвост, і ён сказаў:

— Гэй, малахольныя, хуценька мяне пачаставалі.

Алесь жэстам мне паказаў наліць. Я наліў. У гэты момант таўстун стаў плакаць яшчэ гучней.

З’явіўся новы незнаёмец, увесь у крыві, з яго тырчэў самурайскі меч. Ён выцягнуў з разрэзанага пуза двух невялікіх механічных малпаў. Пакруціў у іх на спінах ключыкі.

Першая малпа заварушылася, выцягнула з разрэзанага жывата банан і спытала:

— Як ты зразумела?

Другая малпа стала ікаць, выцягнула з жывата жывога чарвяка.

— Гэта — пігулка для нашага самурая, — сказала яна.

Незнаёмец з мячом у пузе падзякаваў, потым узяў чарвяка ў механічнай малпы і праглынуў.

Механічная малпа, якая аддала чарвяка, сказала:

— У Дрэздэне я пабачыла прафесарку з татухай „Саня“. Я ніколі раней не сустракала філолагаў, якія публічна так мацюкаюцца.

Першая малпа пацікавілася:

— Што яна даследавала?

Другая малпа адказала:

— Турэмную лексіку.

— Усё зразумела, — сказаў незнаёмец з мячом у жываце. — Яна надта ўвайшла ў кантэкст даследавання.

— А татуха? — запярэчыла другая малпа.

— Татуха сапраўды не стасуецца з вобразам прафесаркі, — пагадзілася першая малпа.

Незнаёмец з мячом у жываце адрыгнуў чарвяка і аддаў яго першай малпе, потым сказаў:

— Нябачнымі ніткамі нацягваліся канаты, і яны трымалі мяне на адлегласці ад Дрэздэна. Літаратурны дом Эрыха Кестнера збіраў не толькі спадчыну пісьменніка, ён высмоктваў творчыя сокі з нетраў зямлі і потым наталяў маладых аўтараў...

Алесь Родзін уздыхнуў і прызнаўся:

— Я тут разважаў, каго мне трымаць у хаце... Думаў пра марскіх свінак, хамячкоў, пра катоў і сабак. Але як іх пракарміць, Зміцер? Самому на хлеб і віно не заўсёды хапае... Ды яшчэ выводзіць гуляць штодня — вар'яцтва! У выніку сам ператваруся ў свінку...

— Да чаго ты вядзеш, Алесь? — не зразумеў я.

— Карацей, — сказаў мастак, — я завёў дамавіка.

З гэтымі словамі ён падышоў да камоды, адкуль выцягнуў за нагу валасатага чалавечка, які цялёпкаўся і спрабаваў вырвацца. Алесь асцярожна паклаў дамавіка на падлогу.

— Зручны экзэмпляр, — сказаў мастак. — Шмат не есць, гарэлку не ўжывае, затое цягае рулоны палотнаў, складвае падрамнікі, арганізоўвае выставы.

Дамавік сядзеў на падлозе, злосна варушыў вусамі і соп.

— Можа, варта было завесці марскую свінку? — няўпэўнена спытаў я.

— Я такіх насякомых, як вы, не забіваю, — злосна прапішчаў мне дамавік.

Мастак таямніча сказаў:

— Працэс ідзе, Зміцер.

Мы выпілі яшчэ віна. Прычым пілі ўсе, акрамя дамавіка: і таўстун з шрубай, і чалавек з рыбіным хвастом, і незнаёмец з мячом, і нават механічныя малпы.

Дамавік выцягнуў з камоды вэнджаныя каўбаскі, сыры, кабачковую намазку, цёмны хлеб з семкамі.

— Які гаспадарлівы, — узрадаваўся Алесь.

— М-м-м-м, я ў падарожжа без правіянту не выпраўляюся, — праваркатаў дамавік.

Чалавек з шрубай у галаве сказаў:

— І тады я закінуў у горла кавалак алкагольнага дынаміту і прыслухаўся. Бабахнула. З рота пайшоў гарачы дым. Невядомыя птушкі закрычалі страшна і надрыўна!.. Вецер заскуголіў, нібыта пабіты сабака!.. Было зябка. Я нацягнуў на шыю шалік і падыхаў на крывавыя рукі.

55.

Тунэль стаў расплывацца, і я апынуўся ў хуткасным цягніку. Насупраць сядзела жанчына з хлопчыкам гадоў чатырох. Па вымаўленні я зразумеў, што яны з Украіны.

Жанчына казала хлопчыку:

— Вось бачыш, там лес. Там жыве воўк. Ён галодны. Ён хоча з'есці хлопчыка. Вось прыйдзе бабайка і забярэ цябе да воўка. І той будзе цябе есці.

Распавядаючы страшылку, жанчына хапала хлопчыка за ногі і за рукі. І ўвесь час прыгаворвала „ам“. Затым схапіла хлопчыка за грудзі — „ам“. Я здзіўляўся такім паводзінам, бо я са сваёй дачкой такіх змрочнасцяў сабе не дазваляў. Мая дзяўчынка ўжо крычала і плакала б ад страху, а хлопчык быў спакойны і маўчаў.

Побач заныў воўк:

— Я штодзень і штоноч думаў і ўсё аніяк не мог наладзіць свае думкі. Я жыў быццам замкнуты. І не мог нармальна рухацца, мог толькі сядзець, глядзець у адну кропку і бяздумна жэрці. Я жыў у віртуальным астрогу. Я лавіў абадраныя думкі і спрабаваў з іх плесці ланцугі сказаў. І ці лянота мяне забівала, ці псіхалагічны бар'ер не даваў мне рухацца наперад — я не ведаў. Праз інтэрнэт я слухаў і праглядаў навіны ад незалежных журналістаў і ад прапагандыстаў, якія служылі ўзурпатару.

56.

Воўк ныў над вухам:

— Зранку ты, як заўсёды, адвёў дачку ў школу. Усталі а сёмай не без крыку, бо зноўку позна паклаліся спаць. Ты сабраў для дачкі ссабойку — паклаў у бокс запечаны хлеб з сырам і некалькі ружовых памідорак, заліў чорнай гарбаты ў тэрмас. Штодня ты ламаў галаву, чым парадаваць дзіця. Бо дзевяцігадовая дачка захапілася ідэямі вегетарыянства: мяса і рыбу есці адмаўлялася.

57.

Я зноў сустрэў пісьменніка Змітра Вішнёва. Было заўважна, што ён здзіўлены пабачыць мяне жывым. На ім былі мае джынсы, куртка і заплечнік. Ён здалёк мне заявіў:

— Я цябе не біў, калега! Гэта той, другі, ударыў цябе вяслом. Я ж думаў, што табе ўжо кранты. Я толькі вопратку пазычыў — ты ж, спадзяюся, не супраць?

І ён мне добразычліва працягнуў руку ў вітанні. Шчыра кажучы, хацелася заехаць яму ў сытую пысу, але я сябе стрымаў. Біць самога сябе неяк не гуманна. І я паціснуў працягнутую руку, ды так шчыра, што ён войкнуў ад болю.

— У разліку, — пракаменціраваў я рукапацісканне.

Потым мы селі разам на ўзгорку, і Вішнёў па-сяброўску выцягнуў пляшку віскі.

— У 90-я гады я жыў як герой кніг Чарльза Букоўскі, — прызнаўся ён. — Мяне суправаджалі журналісцкія п'янкі. Месячнага заробку ў рэспубліканскай газеце „Культура" хапала, толькі каб аплаціць найманы пакой у Серабранцы. Зусім не заставалася грошай на ежу. У краме я быў збіральнікам танных макаронаў.

Я глядзеў на Вішнёва і думаў пра сваё. Паляўнічы пацук не ўсіх клонаў Вішнёва загрыз — той-сёй выратаваўся. Я нават не ведаў, ці радавацца з гэтай нагоды, ці рваць на галаве валасы? З аднаго боку, вядома, было прыемна, што твае копіі плодзяцца і нясуць мастацтва ў народныя масы, з другога — выглядала небяспечным, каб гэтыя клоны не засланілі сваёй актыўнасцю арыгінал.

Курдупель з-за спіны прапанаваў:

— Давай заб'ём гада — ён мяне раздражняе. Многа балбоча, крыўляецца, выпендрываецца... За адным махам і джынсы твае вернем... Вакол шмат дрэваў — можна падвесіць на адным з іх. Нам двух Вішнёвых не трэба!

Тым часам Вішнёў ускочыў і хадзіў засяроджаны сюды і туды, як быццам спрабуючы чагосьці даўмецца, размаўляў сам з сабой:

— Апошнія месяцы я глядзеў на свет праз чырвоныя акуляры. Мяне пераследавалі галюцынацыі: штодня я назіраў за тым, як з крана лілося чырвонае віно, як па вуліцах перасоўваліся натоўпы чырванаскурых людзей у пінжаках і з наганамі, як неба мылася крывёй, быццам пасля ядзернай вайны. І раптам сёння зранку па радыё я пачуў ад камердынера дыктатара: „Гэта чалавек, які не баіцца крыві, ён нам вельмі патрэбны“...

— Затое ў творах загучалі нервы, — заўважыў я.

Вішнёў спыніўся, паглядзеў на мяне ўважліва і сказаў:

— Гэта праўда... Чырвоныя навіны напялі мае нервы. Я дазнаўся, што стварылі новае, шостае, падраздзяленне спецназа, на мяжы разгарнулі танкавы батальён, добраўпарадкавалі калонію для жанчын, у выніку выбуху сышоў з рэек грузавы цягнік... У канцэртнай зале слухаў Вагнера, і дырыжор махаў чырвонай палачкай...

З'явіўся дырыжор у фраку, які ў поўнай цішыні махаў нябачнаму аркестру чырвонай палачкай. Зрэдку задаволена нам усміхаўся.

— Вось, бачыш, — сказаў мне Вішнёў. — Мы не ведаем, дзе нашае слова адгукнецца.

— Табе цяпер пішацца? — спытаў я.

Вішнёў зняў куртку, аддаў мне і закрычаў:

— Муза ад мяне адвярнулася! Распляжаная душа не чуе музыку! Паветра набрыняла крыкам ад рэпрэсій і вайны! Штодня размінаў гліну ў ваннай! Сліна нагадвала бавоўну! Вынішчаліся гаркавыя роздумы!

— Удакладні, калі ласка, — папрасіў я. — Пра музу і пра гліну ў ваннай — не зусім зразумеў.

Вішнёў замахаў рукамі і закрычаў:

— Я адчуваю татальную разбалансіроўку! Уражанне, што ў арганізме недахоп вітамінаў!

У гэты момант са столі па канаце спусцілася муза і сказала:

— Да нядаўняга часу ты скардзіўся, што няма ніводнага глытка віскі...

Пісьменнік Вішнёў злосна кінуў:

— Прэч, старая! Ідзі да дэбютантаў. Не злуй мяне!

Я заўважыў:

— Навошта ты крыўдзіш музу? Потым будзеш сам наракаць.

— Які нявыхаваны літаратар, — сказала муза.

Курдупель сказаў:

— Падвесіць на дрэве гада.

Вішнёў сумна ўздыхнуў:

— Слухай, муза, халодны бімбер з селядцом і маласольным агурком — гэта як Сатурн і ягоныя спадарожнікі. Калі іх ужыць, твае рэцэптары адправяцца ў космас па праграме ўзурпатара ўслед за турысткай Васілеўскай. Таму не варта мне казаць пра глыток віскі...

Муза паляпала крыламі, крутанула галавой і сказала:

— Ладна, падумаю, чым табе дапамагчы.

Я заўважыў:

— Умееш дамаўляцца, калі хочаш. Знаходзь кампрамісы — і ў цябе заўсёды будзе менш ворагаў.

Вішнёў зноў уздыхнуў і са скрухай прызнаўся:

— Усё валіцца з рук. Са слоў вырастаюць драпежныя мышы, са сказаў — галодныя людажэрскія блышкі... Пакутую і штодня думаю над кожным вобразам, корпаюся над кожнай метафарай.

— Не перабольшвай, — сказаў я. — Я добра ведаю, як ты працуеш... Фільмы, віскі і камп'ютарныя гульні...

Вішнёў у задумлівасці працягваў:

— Навіны атручаныя прапагандай, гвалтам... Інфармацыйныя парталы прасоўваюць нябожчыкаў... Людзі трапляюць у люстраныя пасткі...

Курдупель заўважыў:

— На Вішнёва святло падала зверху — яно распаўзалася вялікімі жоўтымі шчупальцамі. Яно высвечвала з цемры твары тых, хто загінуў, і тых, хто ідзе за імі...

Дырыжор па-змоўніцку ўсміхнуўся і паведаміў:

— У мяне ёсць чароўная палачка.

І махнуў ёй. З'явіўся вялікі чырвоны вір, які стаў усё засмоктваць. Спачатку ён заглынуў дырыжора, потым маю куртку і ўзгорак, на якім мы сядзелі. Вішнёва таксама забрала, але ён паспеў кінуць мне заплечнік. Затым нібыта я пабачыў мёртвага Чарльза Букоўскі і бутэльку ў ягоных вузлаватых пальцах. Я зразумеў, што мяне зацягвае, і я захлябнуўся. Я не дыхаў — гэта быў дзіўны стан. Я глядзеў на сябе збоку і бачыў шырока расплюшчаныя вочы, раскінутыя рукі і марудны палёт свайго цела ў чырвоную бездань. Яшчэ колькі хвілін з мяне выходзілі апошнія бурбалкі. Мне здалося, што я глядзеў у выталупленыя вочы курдупеля і ён намагаўся жэстамі штосьці сказаць... „Няўжо нічога нельга зрабіць? Можа, мне дапаможа курдупель ці Вішнёў, дакладней мой клон?“

58.

Прачнуўся я на чырвоным полі. Вакол пырхала многа пчол, вос і мух. Усе яны гудзелі каля яркіх кветак маку. Гэта было царства празрыстых крыльцаў і духмяных пялёсткаў. Да вуха падляцеў калматы чмель і шэптам мне па-змоўніцку прапанаваў: „Паляжы... Панюхай... Дыхні... Падумай пра далёкія Ажуройсці... Расінкі тут салодкія і чароўныя... Адразу знойдзеш таемны ключык... Усё будзе тып-топ“. Здавалася, што ногі прыраслі і адмаўляліся мяне несці далей. Паветра мяне абдымала гарачымі і вільготнымі рукамі. Урэшце я вырашыў прылегчы і замест падушкі падклаў пад галаву заплечнік з кардонкай. Мне здалося, што мяне скруцілі ў трубку і пусцілі праз яе дым. Слабасць разлівалася па ўсім целе, і я адчуваў цішыню, якая парай запаўняла маю стомленую галаву.

І мне прымроілася. Калісьці ў Віперсдорфе я ляжаў у траве і слухаў, як гудуць мухі. Чамусьці хацелася прыдумаць „жоўтых трохгаловых мух“, але гэта наўрад ці, бо не існуе такіх. Глядзеў на сонейка, слухаў мух, потым — зязюлю. Трушчыў пальцамі травінку і думаў пра далёкі дом у Ажуройсцях. Я ўяўляў, як мы з бацькам паставім лесвіцу на другі паверх, зробім празрыстыя паўкруглыя франтоны, каб потым назіраць за аблокамі. На другім паверсе абсталюем два пакоі, адзін з якіх — для дачкі. Пакуль застаецца звычайны паддашак, дзе валяюцца пустыя пляшкі, нечыя разламаныя ровары й пыліцца агромністы стары драўляны куфар... Цікава, як туды яго зацягнулі?

З гэтых роздумаў мяне вывеў голас мамы:

— Пра франтоны думаць рана. Вам з бацькам трэба не ленавацца. Зрабіце элементарнае. Да прыкладу, падлога прагніла — замяніце.

Я расплюшчыў вочы і падняў галаву. Нада мной навісла мама. Яна была ўся паветраная, сатканая з крышталікаў аблокаў, здавалася, што яна не дакранаецца нагамі да зямлі, і на спіне ў яе трымцелі агромністыя стракозіныя крыльцы.

Побач плюхнулася цела курдупеля, які хутка-хутка замармытаў:

— Горы п'яныя. Горы чорныя напаўзаюць. Цягнуцца да мяне іх даўгія рукі. Горы нібы гмахі Нью-Ёрка. Горы ператвараюцца ў сны, якія не адпускаюць. І ты не ведаеш, ці прачнешся, ці пабачыш новы дзень. Бо ты загорнуты ў плашч безгалосся. І толькі крык каршуна вяртае ў прывідную рэчаіснасць...

Мама пакруціла каля галавы рукой, намякаючы на нашую неадэкватнасць. І паляцела ад нас прэч.

Я сказаў курдупелю:

— Ты маму напалохаў. Што яна цяпер будзе думаць пра мяне?

З заплечніка пачуўся далёкі голас Пашы:

— Я думаю, што твая мама паляцела на захад, там, у гротах памяці, з птушыных крылаў плятуць гісторыі горада. Я там аднойчы праязджаў...

Я расшпіліў заплечнік, які мне ўціснуў у рукі Вішнёў, і выцягнуў з яго кардонку з Пашам.

Курдупель уздыхнуў:

— Я ведаю, што напачатку падарожжа памяць апусцілі ў лунку. Я старанна біў ледасекам свае застылыя пачуцці. Парэзаў пальцы да крыві. І потым шкляны квадрат акна свістаў і гаманіў. Прасвідраваў. Калоў дровы — грукаталі словы. Крычаў праз рупар: „Дзе ты?!!“ Заскрыгатаў. Зафыркаў. Забалбатаў. Загагатаў. Завыў. І не пачуў адказу. І толькі рэхам крык мой: „Дзе ты?!!“ І горы не пускалі. І я крывіўся. Моршчыў лоб. Глядзеў на компас, штык, якар, глобус. І рэдзька-рэдзька пакутліва бляднела на балконе і, здаецца, нашэптвала мне нешта з той тоўстай нуднай кнігі, што я прыдбаў у Цюбінгене. І крыж, і залатыя літары сыходзілі ў лунку. Лукум ліп да зубоў. Пантофлі выгіналіся да формы месяца — канчаткова псавалі краявід.

Я заўважыў:

— Гэта паэзія. Я слухаю і здзіўляюся, што ты — рыбалоў на паэтычныя вобразы.

Курдупель ужо жаваў бутон маку і з натхненнем залепятаў:

— Дзе ты? Ты — ёсць? Сумненні. Не — гэта птушкі і трамваі. Гэта самота і кавалак кекса. Ты — верыш? Я — тут. Я — побач. Я лётаю каля пад’езда мёртвых. Тут — ціха. Пікап і зоркі. Светлы ўздых. Ікаўка. І толькі лунка, дзе адрыжка залатога шчупака замест адказу.

У гэты момант з зямлі з грукатам падняліся вялізныя каменныя рукі, якія схапілі кардонку з Пашам і схаваліся назад. Каля нас засталіся толькі купы тынкоўкі і цаглін, што асыпаліся з пазногцяў падземнага велікана.

Я сказаў:

— Упэўнены, што з Пашам усё будзе ў парадку. Ён трывалы хлопец.

Курдупель сказаў з сарказмам:

— Нямеччына абдымала і супакойвала. Настойвала не нервавацца і выпіць піва. Там, далей, махала рукамі Польшча. І толькі твая родная Беларусь маўчала...

59.

З’явіўся цень, які моўчкі рухаўся побач.

— Толькі цені спатоляць смагу спаленага горада, — сказаў цень. — Толькі яны. Галасы мёртвых і гром запоўняць гэты свет. Словы будуць попелам.

Курдупель заўважыў:

— Часам здавалася, што я блюю абгарэлым лісцем.

Цень зашаптаў:

— Выгаранне — гэта набліжэнне да прасторы ценяў. Рэпрэсіі, вайна — слёзы гэтага свету. Садыст правакуе ахвяру на ўнутраны трэмар. Цені забіраюць найлепшых.

Пасыпалася чорнае лісце.

Курдупель сказаў мне:

— Я ведаю, што ты напісаў антыраман пра кнігарню і яе дырэктара Рыгора Каваля. Гэтая гісторыя падшыта да тваёй справы.

— Было такое. Дырэктару адрэзалі галаву. І тады другая галава скрала ягонае цела — так нарадзіўся капітан Барада, — сказаў я.

Ад гэтых слоў цень без твару раздзьмуўся і закалыхаўся над намі.

— Можа, варта напісаць новую кнігу пра дырэктара выдавецтва? — прапанаваў курдупель. — Напрыклад, распавесці пра ягоныя турэмныя прыгоды.

Цень без твару зашаптаў і стаў набліжацца:

— Страх, бязмежны і неахопны, зацягвае пятлю вакол шыі... Паветра сыходзіць паволі, як на затанулай падводнай лодцы... Самы лепшы грыль атрымліваецца з пеўчых птушак...

У гэты момант з цемрачы тунэля выскачылі тры змрочныя гномы.

Чорны гном з бліскучым залатым зубам, з вялікай барадой, падобнай да ваты, сказаў з надрывам:

— Вайна ператвараецца ў ненажэрную анаконду, якая глытае людзей і жывёл!.. Зямля і каменне будуць рухацца вулканічнай лавай, і гэтую раку назавуць Апакаліпсісам.

Зялёны гном з чырвоным носам і кацінымі вусамі падхапіў:

— Мёртвыя гарады — гэта прывіды мінулага.

Сіні гном з вушамі зайца захрыпеў:

— І прыйдзе кульгавы дзед, які будзе несці попел. Ён будзе збіраць мёртвыя словы ў кайстру і будзе апошнім вестуном знішчанай прыгажосці.

З'явіўся знаёмы дырыжор, які выглядаў пакамечаным і брудным. Ён прызнаўся:

— У мяне ёсць чароўная палачка...

60.

Я апынуўся ў сваёй кватэры ў Менску на вуліцы Якуба Коласа, трымаў кубачак з кавай. Па стале ішоў цацачны робат, які гудзеў і пстрыкаў. Я глынуў кавы. Сонца пракрадалася на сцены, і лёгкі ветрык калыхаў фіранкі. Я разважаў, што ўсе літаратурныя тэксты пакідаюць сляды і цені і настрой ад іх застаецца розны. Як з надвор'ем.

— Яны жывыя, — сказаў чалавек.

Я павярнуўся. Каля шафы сядзеў чалавек.

Некалькі хвілін я маўчаў, не знаходзячы слоў. Холад прабягаў па спіне. Я спрабаваў разабрацца, хто да мяне прыйшоў. Злодзей? Тады навошта ён мяне чакае? Кадэбэшнік?

Між тым незнаёмец усміхнуўся:

— Дазвольце прадставіцца — Грэм Грын. Я разумею вашае здзіўленне — я трапіў да вас пяць хвілін таму. У вас чамусьці няма дзвярэй.

Я здзіўлена войкнуў і кінуўся ў калідор... Дзвярэй напраўду не было. Нейкі злодзей іх знішчыў, прычым уначы, калі я спаў, і зрабіў ён гэта з фантастычнай віртуознасцю, без шуму. Быццам і не стаяла тут нічога. У праёме чарнеў лесвічны пралёт. Здалёк данеслася:

— Вось, бачыце — іх няма!..

І толькі далёкая думка даводзіла, што гэта амаль сон — несапраўдная рэчаіснасць, выбрыкі капсулы часу...

61.

Што было далей?

З'явіўся гном, які заўважыў:

— Далей будзе ўсё банальна. Ты мусіш бегаць вакол дома ў пошуках скрадзеных дзвярэй. Ты будзеш мацюкацца. Сустрэчныя будуць з цябе кпіць. Ды як не пасмяяцца з бедалагі ў тапачках і халаце?

— Так і мусіла быць, — пагадзіўся я. — Толькі калі я

выбег — зноў апынуўся ў тунэлі...

Гном сказаў:

— Цябе чакае памежны кантроль. Праўда, цяпер замест мытні стаіць лазня.

— Нават так? — здзівіўся я. — А мытнікі цяпер хто?

Гном заўважыў:

— У лазні чалавек робіцца афрыканскім сланом — мокрым, вялікім, непаваротлівым. Бесперапынна ўздымаюцца бярозавыя і дубовыя венікі. Утвараюцца райскія джунглі, пра тое трубяць новыя звяры. Шыпіць каменне, і лётаюць клубы пары. Дзякуючы вадзе з шалфеем, надыходзіць аксамітная гарачыня. Пот сцякае ручаінкамі радасці. Правяраюць дакументы фіялетавыя гномы ў форме.

Я пагадзіўся:

— І на стале ў прылазніку стаяць бадзёрыя куфлі з півам і спіць салёная рыба.

Гном дадаў:

— Лазня патрэбная і замест дэтэктара хлусні. Спакою больш не будзе. Камеры з моцнай завалай на дзвярах. Дыскатэчная нямая лямпа. І мёртвая рыба ў горле, што пусціла карані і прарасла калючым дротам.

62.

Апалае лісце абдымала зямлю. Ад холаду я дрыжэў. І тут я пабачыў дзверы ад сваёй кватэры — гэта дакладна былі яны!.. Я пазнаў атрутную пунсовую афарбоўку. Побач стаяў дзяцюк у рудой камізэльцы ЖЭСа і нервова паліў цыгарэту. Я скіраваўся да яго.

— Паважаны, — звярнуўся я, падыходзячы, — што

гэта за цырк на дроце? Хто і па якім праве выбіў дзверы ў маёй кватэры?

Дзяцюк здзівіўся. Ягоны шырокі твар скрывіла грымаса незадаволенасці.

— Гэтыя? — дзяцюк махнуў на дзверы. — Мы з хлопцамі зранку знайшлі іх на тым сметніку, — ён паказаў рукой дзе, — і перацягнулі сюды. Збіраліся занесці ў падсобку. Дзе доказы, што яны вашыя? Га?

Я пакорпаўся ў кішэні і выцягнуў звязку ключоў. Плоскі ключ плаўна ўвайшоў у адтуліну замка і пстрыкнуў ягоным язычком.

— І што далей? — абурыўся дзяцюк. — На халеры вы іх выкідалі? Мы што, наймаліся цягаць вашыя дзверы?

— Хто ж іх выкідаў? Хто?!! Навошта мне гэта?!! — зароў я. — Як мне жыць без дзвярэй?!!

Я зразумеў, што дзяцюк не мае аргументаў і аб злачынстве супраць маёй кватэры нічога не ведае. Не хацелася сварыцца...

63.

Я апынуўся ў сваёй менскай кватэры.

Знаёмыя кнігі і карціны насоўваліся фарбамі, літарамі і нібыта мяне віталі. Уключыўся плоскі тэлевізар, і з'явілася маўклівая лысая галава, падобная да бурака.

Я не вытрымаў і спытаў:

— Ну што, бурак, вылупіў зенкі? Думаеш мяне загіпнатызаваць?

Галава марудна заварушыла вуснамі і выціснула:

— Трэба вярнуцца, пакаяцца і прыняць свой лёс як належнае. Трэба адседзець пятнаццаць гадоў...

Я скінуў тэлевізійнага чалавека, і тэлевізар раскалоўся на тры часткі.

У гэты момант загрукатаў барабан і пазванілі ў дзверы. Я падумаў, што, магчыма, тунэль адпраўляе да мяне сваіх кур'ераў. Я падышоў да дзвярэй і зірнуў у вочка. Мне ўсміхаліся дзве венецыянскія маскі. Я здзівіўся і адчыніў.

На парозе стаялі два рослыя хлопцы, апранутыя ў старажытную вайсковую форму, у руках яны трымалі шведскі сцяг, барабан і маскі. У мяне нават вочы ад такога відовішча забалелі, і я іх моцна пацёр — дзіўныя вайскоўцы нікуды не зніклі. Стаялі і весела на мяне пазіралі. І пахла порахам.

— Зміцер Вішнёў? — запытаўся адзін з іх.

Я пацвердзіў:

— Гэта я.

Курдупель з-за спіны дадаў:

— І зноў жа, як размаўляць? Калі ўсё гэтак заблытана? Калі вакол суцэльныя лабірынты? Ты блукаеш па калідорах галавы, нюхаеш затхлыя памяшканні і не знаходзіш выхаду. І тут яшчэ грукочуць гэтыя барабаны, насоўваюцца сцягі і штыкі.

Раптам хлопцы зарагаталі і сышлі. Кватэра захісталася, скрывілася і рассеялася. І я апынуўся ў тунэлі. Замест старажытных вайскоўцаў насупраць стаялі літаратары Янка Брыль і Чарльз Букоўскі, і ў руках яны трымалі маскі.

Курдупель пракаментаваў:

— Для чытання кніг пасуюць швэдры. Вішнёў, ты заўсёды здзіўляў мяне сваёй нешматслоўнасцю. Захацелася нават дадаць слова „нешматслойнасцю".

— Курдупель, закніся, цяпер не да гульні ў словы, — сказаў я.

— Я думаю, ён не паслухаецца, — сказаў Янка Брыль. — Ён пляткар і правакатар.

— Мне здаецца, што кожны мае сілы балбатаць, — сказаў Букоўскі. — Вось мець моц маўчаць можа не кожны.

Курдупель заявіў:

— Я сам камандзір! Ідзіце лесам з вашымі заўвагамі.

Хтосьці загрымеў — з’явіўся сантэхнік з трубой, які прахрыпеў:

— Накрыліся трубы. Бяда ў тым, што вада не перакрываецца. Трэба выклікаць аварыйную брыгаду!..

Выйшла старая крытыкеса і злосна зашаптала:

— Многа прыйшло ў літаратуру пасрэднасці, якая спрабуе на актуальных тэмах будаваць уласную пісьменніцкую кар’еру. Ухапіліся і тыя, хто не быў рэалізаваны напоўніцу, яны таксама выкарыстоўваюць момант. На жаль, добрай літаратуры не паболела. Толькі маргінальнасці сталі больш гучнымі.

64.

Наперадзе грукатаў адбойны малаток. Неўзабаве я пабачыў мокрага ад поту і перапэцканага зямлёй чалавека ў касцы шахцёра.

— Хіба не разумееш? — сувора сказаў шахцёр. — Я прабіваю новы тунэль.

За спінай засмяяўся фіялетавы гном. Я азірнуўся. Гном выглядаў змрочна — чорныя валасы тырчалі ў розныя бакі.

— Казкі працягваюцца, — сказаў ён. — Я думаў, што вы будзеце распавядаць сур'ёзныя гісторыі — ды дзе там! Нават блізка няма. Зладзеі і праекціроўшчыкі — гарадская рамантыка. Цяпер яшчэ і шахцёры. Магчыма, я памыляюся, але калі б лазня згарэла, было б весялей. Глядзіш — выратавальнікі б прыехалі. Сюжэт бы расквітнеў.

Раптам з'явіўся стол. Шахцёр на яго залез з адбойным малаткам і закрычаў:

— Я стаю такі гожы, такі каменны, з адбойным малатком і гляджу на свой народ! Мой голас ломіцца, крышацца шахты, раве зямля! Грыміць падземная навальніца, і крывымі шаблямі цягнікі разразаюць тунэлі! Распаўзаюцца ад мяне шумавыя хвалі! Мой крок цяжкі! Мой крык шалёны! Народ — на калені!

— Мінулае стагоддзе, — заўважыў гном. — Так цяпер не пішуць — зусім не арыгінальна.

— Чаму? — абурыўся я.

— Чаму-чаму — таму, — перадражніў мяне гном. — Хіба не дэструктыўна здзекавацца з тырана? Што за зморшчаны футурызм?

— Наадварот — ёсць перспектыва ў такіх словах. Тыран — гэта вечная праблема грамадства, — сказаў я.

З'явіўся чалавек з самурайскім мячом у пузе. Па ягоным барвовым напружаным твары спаўзалі кроплі поту. Ён прасыкаў:

— Я тыран. У чым пытанні? Каго разрэзаць?

Шахцёр заўважыў:

— „Мне по барабану" — устойлівы выраз у рускай мове. Ён б'е па галаве сваімі палачкамі, і я бягу ад яго ў Каптаруны. Агінаю драўляны тэатр імя Клінава, дзе мяне пераследуюць каты — адзін чорны з белымі плямамі і другі белы з шэрымі палосамі. І месяц гарыць у чарнічным небе.

Гном пагадзіўся:

— Вось, ужо нарэшце свежае паветра.

У гэты момант тыран з хрыпам „ы-ы-ы-ы-ы" выцягнуў скрываўлены меч з пуза і закрычаў:

— Шахцёр — смірна!!!

Шахцёр паслухаўся і ўстаў як укапаны.

Тыран крычаў:

— Направа! Налева! Кругом! Пшоў у камеру лічыць прусакоў!

Шахцёр здзівіўся:

— У якую камеру? Тут жа няма.

Тыран выцягнуў з разрэзанага пуза дзвюх механічных малпаў. Пакруціў на іх спінах завадныя ключыкі.

Першая малпа весела паведаміла:

— Я — вясёлая дзяўчынка! У маёй галаве — жывая лічынка!

Другая малпа падхапіла:

— Я — гнілая маркоўка, прабіваю страўнік лоўка!

Малпы пачалі бегаць вакол шахцёра. Яны выцягвалі з сябе вантробы, якімі абкручвалі шахцёра.

Гном заўважыў:

— Яшчэ не труна — ужо не жыццё. Дрот замест вяровак — і ўтварыўся кокан для начнога нерухомага матылька.

Шахцёр прахрыпеў:

— Вярнулася паветра няволі... Дзякуй, уладыка, за тваю ласку...

Першая малпа заспявала:

— Модна жыць у камеры без шнуркоў!.. Цудоўна танчыць у штанах, якія звальваюцца!

Другая напявала:

— Люблю шкрабаць на сценах паламаным пазногцем!.. Тыражую мацюкі для сусвету!.. Прымаю душ над парашай!..

— Вы сядзелі? — запытаўся я ў скурчанага і звязанага шахцёра.

— Па народным артыкуле, — шыкаў шахцёр. — Ад майго дома да кінатэатра „Кастрычнік“ пехатой хвілін пятнаццаць — там мяне і бралі.

Тыран сказаў:

— Мяса павінна хадзіць каля мяне на дыбачках.

Першая малпа высунула ружовы язык і падхапіла:

— І мяса павінна лізаць! Лізаць ледзяшы! І пеўнікі павінны спяваць! Спяваць дыфірамбы!

Другая малпа таксама высунула язык і дадала:

— У казематах створаны рай! Гнойны непаўторны рай!

Гном сказаў:

— Псеўдаінтэлектуалы з надзьмутымі шчокамі выпускаюць паветра і зацягваюць нудную песню пра турэмныя каштоўнасці. Потым паспяхова блытаюць назвы класічных твораў і глыбакадумна калупаюцца ў носе.

— Лайно гэта ваша дэмакратыя, — раптам прасіпеў шахцёр. — Наш дыктатар — гэта прафесійны рэстаратар, які будзе выробляць з мяса ўнікальныя стравы. І ён нам патрэбны.

І я не ведаў, што адказаць.

65.

Я рухаўся наперад, і мне здавалася, што гэты тунэль — выдумка злодзея. Час я не ведаў. Дзень і ноч зблыталіся.

Я стаміўся да неймавернасці і хацеў спаць. Я быў гатовы заснуць на падлозе, калі пабачыў сантэхніка, які стаяў на карачках і круціў вентыль на батарэях.

— Даўненька не сустракаліся, — сказаў ён.

— Што здарылася? — спытаў я.

— Трубы-трубы, — шматзначна адказаў сантэхнік.

— Зразумела, — хмыкнуў я, хоць зусім анічога не зразумеў.

— Адкуль родам? — раптам запытаўся сантэхнік.

Я ўсміхнуўся:

— Я адтуль, дзе вэнджанае сала робяць з чыноўнікаў. Мая краіна — гэта вялікая кансерва, куды запхалі заводы, сталоўкі, паводзіны бюракратаў, помнікі савецкіх правадыроў і зефіркі ў шакаладзе.

— Можа, згуляем у настолку? — раптам прапанаваў сантэхнік.

Я здзівіўся:

— А як жа трубы?

Сантэхнік аблізнуў вусны і падцягнуў з цемрачы вялікі металічны чамадан, які расчыніў са словамі:

— Трубы не збягуць. Ёсць у мяне з сабой цудоўная гульня, якая называецца „Дом чароўных рэчаў“. Сутнасць у тым, каб злавіць віртуальнага сантэхніка і прымусіць адрамантаваць трубу.

— Калі сантэхнік адмаўляецца, што тады? — пацікавіўся я.

Сантэхнік уздыхнуў:

— Катастрофа — усе тонуць.

З чамадана былі выцягнуты мапа з маляваным маршрутам і дзве пластыкавыя фігуркі — чырвоная, злая з трубой, і сіняя, добрая, але з шабляй.

— Ну вось, — сказаў сантэхнік. — Вы якую выбіраеце фігурку?

— З шабляй, — не задумваючыся адказаў я.

— Цудоўны выбар, — пагадзіўся сантэхнік. — Ну тады пачынайце — кідайце кубік.

Я ўзяў кубік і кінуў.

— Пяць! — сказаў сантэхнік. — Добрая лічба.

Фігурка з шабляй ажыла. Устала, памахала шабляй і сказала:

— Я выйшаў у адкрыты космас. Так хацелася піва, і нельга было. Я глытаў святло халодных зорак, піў сок таемных успышак. Зноўку мроіўся метэарытны дождж, і раскручваўся ваўчок каналізацыйных даследаванняў. І штосьці пстрыкала і пішчала. Нарэшце прыйшоў маг. Пяць — трубу не браць! Іду кабачкі капаць.

— Не пашанцавала, — сказаў сантэхнік. — Выпала градкі капаць. Не будзе ён займацца трубой. Ды і капаць не будзе, лайдак. Мая чарга кідаць.

Сантэхнік кінуў кубік.

— Шэсць, — сказаў ён.

Ажыла чырвоная фігурка з трубой, злосна засмяялася і прызналася:

— Пасля банкету маё пуза надзьмулася да памераў баксёрскай грушы. Нейкая жабка ў страўніку завывала і завывала, як паліцэйская сірэна. Я з пафасам прабулькаў: „Мы не рабы, рабы не мы!“ У гэты момант мяне працяў боль — я скурчыўся. Шэсць — пайду ў рэстарацыю зноў рыбу есці.

Між тым пад нагамі з'явілася вада.

Сантэхнік сказаў:

— Вашая чарга кідаць, прадстаўнік кансервы. Давай!

Я кінуў кубік.

— Два! — абвясціў сантэхнік. — Батва! Ха-ха!

Мая фігурка ажыла, пахрумсцела нагамі, прысядаючы, і сказала:

— Я выцягнуў свой вялікі срэбраны нож і рассек сонца на сотні промняў! Два — мёртвая галава!

Сантэхнік зарагатаў і кінуў кубік.

— Адзін! — крыкнуў весела ён. — Чарадзей Паладзін!

Ягоная фігурка ажыла і сказала:

— Вада бруілася залатымі струменьчыкамі, накшталт фантана, — незабыўнае відовішча! Але выпала адзін — зноў замест трубы злавіў апельсін!

Сантэхнік зарагатаў яшчэ больш. І вады вакол паболела. Ужо і чамадан з гульнёй паплыў.

— Вада прыбывае, — заўважыў я.

— Кідайце! — крычаў радасна сантэхнік. — Кідайце хутчэй на мапу кубік — пакуль не сплыла. Вашая чарга, кансерва!

Я кінуў кубік.

— Тры! — закрычаў весела сантэхнік. — Сушы сухары!

Мне здалося, што ў вачах майго саперніка я пабачыў гадзіннікі са стрэлкамі-адкруткамі, амаль як на адной з карцін Алеся Родзіна.

Мая фігурка ажыла і сказала:

— Аднак нешта пайшло не так. Лісы. Ваўкі. Тыгры. Паўліны. Жырафы. Бегемоты. Свінні. Я бег упрочкі, і павук мне дапамагаў. Я падцягваўся на празрыстых канатах. Я запаўзаў на пласціну неба і пакідаў адбіткі босых ног. Тры — выратавання няма. Тры — замест трубы тыгры.

Вада прыбывала, мы ўжо стаялі па калена ў вадзе.

— Вада, — сказаў я. — Мы тонем...

— Не сцы, падводнік! — закрычаў сантэхнік. — Мая чарга!

Ён кінуў кубік.

— Чатыры! — закрычаў ён. — Будзем аквалангістаў тырыць!

Ягоная гульнёвая фігурка заварушылася і сказала:

— Пустэча ў сэрцы. І цяжкі подых нягучных труб. І раптам — хто ты? Шэпт. Хто ты? Шэпт. І няма, няма больш пытанняў і няма адказаў. Чатыры і чэрапа рычаг.

— Кідай, спараджэнне кансервы! — закрычаў мне сантэхнік.

Я кінуў кубік.

— Труба! — закрычаў сантэхнік. — Выпала труба!!!

— Я выйграў? — спытаў я.

Сантэхнік крычаў:

— Нам усім труба!!!

У гэты момант вада забурліла і хлынула з усіх бакоў. Мне на галаву залезла пластыкавая гульнёвая фігурка, якая зашаптала на вуха:

— Па панядзелках катафалк аб’язджаў дамы і збіраў небяспечныя думкі.

Тым часам сантэхнік надзеў акваланг, падводную

маску і сказаў на развітанне:

— Пластыкавага сантэхніка з шабляй можаце пакінуць сабе.

І я адчуў, як вада мяне паглынула. Апошняе, што я пачуў, — гэта мармытанне цацачнага сантэхніка: „Ты — пераможца труб"...

66.

Закручанага сюжэта не было ў гэтым рамане. Без жартаў, гумару твор здаваўся напаўзмярцвелым. Вобразнасць, бясспрэчна, выратоўвала тэкст. Героі таксама, пэўна, расфарбоўвалі чытанне. І дакладней — іх псіхалагічныя партрэты. Але ўсё ж ад некаторых пустых, безаблічных удзельнікаў літаратурнага працэсу з рамана мне рабілася брыдка.

Тунэль напоўніўся гоманам і крыкам. Уздоўж майго шляху квітнелі шыльды бараў і рэстарацый. На маім плячы сядзеў цацачны сантэхнік.

— Ты і выратаваў сітуацыю, — тлумачыў мне сантэхнік. — Калі ты выкінуў кубік з трубой, усё і вырашылася. Па-шчырасці, я ўжо думаў, што каюк нам. Абышлося. Толькі цябе доўга адкачвалі.

Пачуваў я сябе, мякка кажучы, не вельмі добра.

— Праўды няма, — дадаў сантэхнік. — Шукай не шукай — няма. Я быў на Эльбрусе, і там яе не здабыў. Міфы — вакол толькі яны.

— Не буду спрачацца — я таксама яе не знайшоў, — пагадзіўся я з сантэхнікам. — У нашай краіне праўда недасяжная.

— У вас ёсць горы? — запытаўся сантэхнік.

На гэтых словах з'явіўся ўзурпатар з шрубай у галаве.

— Яшчэ якія, — сказаў ён. — Я гасцяваў у Менску і быў пад уражаннем. Усе беларускія заводы — гэта горы. Ёсць і буйныя маўзалеі — Палац Рэспублікі і Прэзідэнцкі палац.

67.

Барная стойка нагадвала частку драўлянага карабля, які нейкім цудам запхнулі ў тунэль. Дошкі добра прасмалілі. І ўвогуле адчувалася атмасфера далёкага мора, а ў кубках шапацела піва, нібыта да бара прыклалі марскую ракавіну.

Па барнай стойцы хадзіў вясёлы тоўсты гном, звінеў ключамі і запрашаў:

— Вэнджаны карась — халодны, як рукі маёй цешчы! Падыходзь — не лянуйся! Бяры — не хвалюйся! Піва гарачае — як подых майго сябра, якога пахавалі на тым тыдні! Выпіваеш — косткі не збярэш — пакладуць у дубовую бочку, гуркоў, кропу дададуць і кінуць у сіняе мора. Гэта дзіўная вандроўка з піўнымі скаламі ў грудзях. Ах! Віскі — гэта пацалунак гюрзы...

Са мной былі курдупель і цацачны сантэхнік. Мы падышлі і замовілі віскі, гном наліў. Сантэхнік сказаў:

— Прост.

Мы выпілі. Я зразумеў, што пракаўтнуў разам з віскі кагосьці жывога, і гэтае жывое прасілася назад. Мне здавалася, што па страваводзе караскаецца голы чалавек. І я ўяўляў яго карычневым. Прычым лез ён з цяжкасцю, бо слізгацеў і таму чапляўся як мог — пазногцямі і зубамі. Горла разрывалася на часткі, і я рыхтаваўся выплюнуць чалавека назад у шклянку... Спужаўшыся, я зглынуў і адчуў, як госць не ўстрымаўся і з шумам паляцеў у страўнік. Я шкадаваў таго маленькага чалавека, але вырашыў, што зрэшты ўсе тут мёртвыя. І я знаходжуся таксама ў нейкім прамежкавым стане.

Я пацёр узмакрэлы лоб і падумаў, што ўзгорысты твар гнома вельмі падобны да ўзбітых вяршкоў. І хацеў пра гэта сказаць прыяцелям, але курдупель сказаў раней:

— Алкаголь — гэта добрая анестэзія свядомасці.

Мы выпілі яшчэ. Прычым я сумняваўся, ці варта піць увогуле. Потым кампанейскі дух перамог, і я хуценька праглынуў змесціва шклянкі. Цяпер па страваводзе праляцела штосьці мёртвае і цяжкое, падобнае да каменя. І я зразумеў, што гэтае другое забіла карычневага чалавека. Я адчуў, як там, унізе, ён схапіўся ад болю за галаву і скурчыўся ў смяротнай агоніі.

Сантэхнік сказаў:

— Гном мне спадабаўся. Спакойна налівае, як быццам праполвае гарод. Я думаю, што як толькі ён нарадзіўся, дык адразу прыйшоў працаваць барменам...

Курдупель ікнуў і заўважыў:

— Напэўна, бо я адразу звярнуў увагу на соску, што вісіць на ягонай шыі...

Я сказаў:

— І твар — узбітыя вяршкі.

Мы выпілі яшчэ. Гэтым разам мне здалося, што па горле праехалі на мініяцюрным экскаватары. Гэтае адчуванне пераследавала хвілін пяць, і нават на імгненне мне падалося, што бармен — гэта злы экскаватаршчык у аранжавай касцы. Тады мы зноў выпілі. Я амаль нічога не адчуў — толькі стала вельмі халодна. Побач з намі прысеў двухгаловы экскаватаршчык, які злосна ўсміхаўся і паказваў жалезныя зубы. Прычым на адной галаве ў роце не хапала некалькіх разцоў, і праз тое ягоная ўсмешка была больш злавеснай. Адна галава сказала:

— Я ведаю, што капітан Барада хаваў ад бабулі віно і ром на гаўбцы. Яшчэ ён рабіў тайнікі на шафе і ў канапе.

Сантэхнік:

— Я ад сваёй жонкі хаваю пляшкі пад ваннай, там ёсць тэхнічная адтуліна, і я зачыняю яе на ключык, — сантэхнік п’яна захіхікаў.

Другая галава экскаватаршчыка заўважыла:

— Гэта вельмі ненадзейнае месца. У мяне аднойчы там завёўся тарантул, і ён мяне ўкусіў.

Гном усё падліваў і падліваў. Мы выпілі зноў.

Гэтым разам мне здалося, што я раздвоіўся. Адзін сядзеў з прыяцелямі, а другі хадзіў па бары і збіваў нагамі пустыя бутэлькі.

Я прызнаўся:

— Я думаю, што маю смерць закаркавалі тут... — я паказаў на пузатыя бутэлькі ў бары.

Курдупель прызнаўся:

— Псеўданавукоўцы смяяліся мне ў вочы і казалі, што я не валодаю мовай індзейцаў. Мммм...

Мы выпілі за індзейцаў. Гэтым разам з намі выпілі дзве галавы экскаватаршчыка. І да нашай кампаніі далучыўся амаль голы індзеец Чынгачгук, які быў сур’ёзным, маўчаў, паліў гашыш і размешваў віскі чорнай палачкай.

Сантэхнік заўважыў:

— Трубы, толькі трубы выратуюць гэты свет.

Дзве галавы экскаватаршчыка хрыпла заспявалі:

— Капітан ішоў!.. Люльку паліў!.. Вецер свістаў! Грог звінеў!.. Нервы грымелі!.. У нейтральных водах стаяла скура-зіма!.. Якар бурчэў!.. Сонца разганяла дэпрэсію!.. Я — альбатрос!

І мы выпілі за капітана.

Курдупель нечакана сказаў:

— Я люблю матылькоў: яны такія мілыя. Летась у парку адзін прыляцеў да мяне, сеў на руку і адпачываў...

Мы выпілі за матылькоў. Па целе разлілася немаверная лёгкасць. Цяпер уся нашая кампанія ператварылася ў дробных насякомых. Мы гудзелі восамі, ляталі па бары, садзіліся на твар бармену, які ад нас адмахваўся. Потым ён выцягнуў аднекуль вялізную чорную мухабойку і намагаўся ўсіх нас расплюшчыць. Аднаго разу ён трапіў у сантэхніка, і той дзіка закрычаў ад болю...

Нарэшце бармену гэты разгул надакучыў, тады ён выцягнуў з-пад барнай стойкі трохлітровік і сачок для лоўлі насякомых. Ён метадычна ўсіх нас адлавіў і перасадзіў у слоік. Потым сцягнуў з паліцы бутэльку з падазронай барвовай вадкасцю, якую выліў проста на нас са словамі „гэта стогн зямлі роднай“.

Спачатку я задыхаўся ад недахопу паветра і хапаўся лапкамі за калматыя шчокі, потым стаў захлёбвацца крывёй. І страціў прытомнасць.

68.

Прачнуўся я ў светлым пакоі. Здавалася, што цела наталілася жывой сілай. Паветра рыпела чысцінёй і было густым, даўкім. Нада мной схіліліся два лекары ў белых халатах і белых шапачках.

— Ну што, Барыс Пятровіч, скажаце? — сказаў першы.

Той, які адклікаўся на Барыса Пятровіча, з круглым бліскучым тварам, з лісінымі вачыма, заўважыў:

— Пакумекаць трэба... Трэцяя стадыя алкагалізму ўсё ж — гэта не жарцачкі. Запоі па некалькі тыдняў. Хіба што белыя коні пакуль па палаце не скачуць.

Другі, той, што пытаўся, хударлявы, з гогалеўскім носам, нервовы:

— Гэта ваш канчатковы вердыкт?

— Вердыкт? — першы ўсміхнуўся. — Не — хутчэй канстатацыя факта.

— І што, будзем яго зашываць, Барыс Пятровіч?

— Ну, Яўген Айседоравіч, альбо зашываць, альбо адпраўляць у лячэбны прафілакторый — трэцяга рашэння я не бачу.

Мне зрабілі ўкол, і я заснуў. Я адчуваў, як на спіне распусціліся празрыстыя крылы. Я зразумеў, што лячу ў гроты памяці — шукаць маму.

Прачнуўся я ад крыку. Недалёка ад мяне на падлозе Барыс Пятровіч грыз шыю Яўгена Айседоравіча. Пырскала кроў. Барыс Пятровіч заўважыў мой позірк, адпусціў калегу і прыўзняўся. У страху я ўскочыў і кінуўся з гэтага памяшкання прэч. Я паспеў прабегчы па калідоры колькі метраў, калі нейкі міліцыянт спыніў мяне ўдарам па нагах. Я пакаціўся...

69.

У цьмяным памяшканні на ложку ляжаў курдупель, з-пад прасціны тырчэла толькі ягоная галава, якая выглядала цяпер пераспелым гарбузом.

— Паглядзі, колькі вакол дастойных людзей. Сюды мы трапілі разам, — сказаў ён мне. — Я ў выцвярозніку стабільна адпачываю раз на год, але менавіта ў гэтым — упершыню.

Я таксама ляжаў пад прасціной. У мяне моцна балела цела. Я зірнуў на сябе і пабачыў паўсюль сінія палоскі. Нібыта мяне выкарыстоўвалі замест паперы для ксеракса. Пра тое, што адбылося, я памятаў невыразна. З падсвядомасці ўсплываў міліцыянт з ротам акулы і пукатымі мёртвымі вачыма.

— У мяне ўсё баліць, — пажаліўся я.

— Цябе сюды заносілі двое, — прасіпеў невядомы з дальняга ложка.

Яшчэ адзін невядомы дадаў:

— Герой Чарльза Букоўскі сцвярджаў, што не піць лягчэй, чым піць. Піць можа не кожны...

Я ляжаў у выцвярозніку, усё балела, але было адчуванне, што я ў акварыуме. І прыходзіла думка, што тутэйшае паветра — гэта „свежы кісель“. Далёкі голас дадаваў — „сунічны кісель“. Тады я запярэчыў: „Яблыкамі пахне“.

Сусед злева ўвесь час лаяўся. Нехта прашаптаў з павагай: „Палкоўнік...“ І потым дадаў: „Ён толькі нядаўна выйшаў — сядзеў“. Тое, што палкоўнік сядзеў не ў турме, а ў ЛПП, потым давядзе іншы, які і скажа, што палкоўнік на глебе алкагалізму зусім звар'яцеў.

Я прыгледзеўся да гэтага палкоўніка. Выглядаў ён гадоў на шесьцьдзесят. Каржакаваты дзядзька з рысамі валявога вайскоўца. Часам ён заціхаў, потым прыўздымаўся і казаў нешта злоснае на адрас аднаго з сакамернікаў. У суседа, што ляжаў справа ад мяне, ён запытаўся: „Ты сядзеў?" Хлопец, якому на выгляд было гадоў дваццаць пяць, здзівіўся: „Не". „Чаму?" — не зразумеў палкоўнік. Усе ў камеры смяяліся.

Ложкі тут стаялі асаблівыя: металічныя, прыкручаныя да падлогі. Падушкі адсутнічалі, затое сам ложак выгінаўся. З пасцельнай бялізны паклалі толькі прасціну, пад якой была схавана поліэтыленавая плёнка (гэта, мабыць, на выпадак, калі кліент сцыцца), і яшчэ адна прасціна замяняла коўдру.

У пэўны момант некаторыя без усялякага сораму пачалі прагульвацца па камеры ў адных майтках. Іншыя закручваліся ў прасціны, накшталт рымскіх патрыцыяў. І вось тады сярод нас пачалі з'яўляцца брудныя гномы. Стала смярдзець рыбай.

Я зразумеў, што палкоўнік падобны да ката, бо ягоныя вочы адсвечвалі ў паўзмроку камеры. Як высветлілася пазней, у яго былі дзве катаракты.

Калі я даведаўся пра катаракты, сказаў:

— У мяне ёсць знаёмы афтальмолаг...

Тут галава палкоўніка пачырванела і раскалолася, як пераспелы арэх. Здавалася, што нехта зарыпеў і моцна стукнуў малатком — я пабачыў новую нованароджаную галаву кацяняці, якая сказала:

— Я ў цемрачы добра бачу. Я сам афтальмолаг.

Я зразумеў, што гэта кот Чып, і тады закрычаў ад болю, бо мяне пачало выкручваць, і з рота выскоквалі жывыя мокрыя мышы, якія пішчэлі і кідаліся на сакамернікаў. Тыя спрабавалі адбівацца і жанглíравалі грызунамі, нібы мячыкамі. Цела мяне не слухалася — ажывалі сінія палоскі. Я адчуваў, як палоскі вусенямі поўзаюць па мне, як у іх выцягваюцца морды, вытыркаюцца вусікі і яны расплюшчваюць вочы... Палкоўнік-кот зароў, кінуўся на мяне і пачаў біць па твары лапамі.

У гэты момант расчыніліся дзверы і ў памяшканне разам з міліцыянтамі хлынуў густы кісель. І тады я стаў выкарыстоўваюць грызуноў — я рыгаў на міліцыянтаў. І бачыў шалёныя вочы нападнікаў і ахвяр — калейдаскоп чырвонага з жоўтым, злосці са страхам. Усё змяшалася, усё лямантавала і круцілася фаршам у мясарубцы камеры.

70.

Гісторыі пра выцвярознік засталіся ў мінулым. Нягледзячы на кепскія думкі, я адчуваў, што зноў стаў моцным. Мне хацелася зноў дзейнічаць, шукаць і знаходзіць. Я быў падрыхтаваны да барацьбы з сіламі зла, да спаборніцтваў з самім сабой. Я рухаўся і расчыняў новыя дзверы. Раптам загучала электронная музыка. Наперадзе ў адзіноце танчыла маладая міліцыянтка.

Курдупель з-за спіны заўважыў:

— Вясёлай дзяўчыне пасуе форма. Больш за тое — міліцыянтка ў ёй красуецца; бачна, што ёй падабаецца дробная ўлада. Мужыкі-міліцыянты, напэўна, слухаюцца. Паглядзі, як яна ўсміхаецца, быццам жанглíруе гумовымі дручкамі. Красуня!.. Глядзіш на такую дзяўчыну — і адразу трапляеш у казку. У яе вельмі захапляльны круглы

азадак, упрыгожаны кайданкамі, а па баках звешваюц-
ца гумовы дручок і пісталетная кабура...

Курдупель аблізнуўся.

Я канстатаваў:

— Яна не планавала танчыць перад намі.

Міліцыянтка спыніла танцы, падышла да нас.
Здалёк яе твар быў прыгожым. Але як толькі яна наблі-
зілася, мы пабачылі мёртвае поле з рэдкімі зламанымі
дрэвамі.

— Хто тут сказаў пра круглы азадак? — холадна за-
пыталася яна.

І мы заўважылі, як па полі праляцеў моцны вецер.
Выпадковы заяц са страху падскочыў і памёр ад разрыву
сэрца. Не чакаючы адказу, дзяўчына выцягнула гумовы
дубец і з усёй моцы ўрэзала курдупелю пад дых. Той
войкнуў, задыхнуўся, захрыпеў і сагнуўся ад болю.

— Табе паўтарыць? — спытала ў мяне дзяўчына.

Выгаворваючы словы прабачэння, я адступіў.

Міліцыянтка злосна сплюнула і пайшла прэч. І ве-
цер выкінуў да нас мёртвага зайца.

Курдупель яшчэ колькі часу стагнаў, потым супако-
іўся.

— Ну як, — запытаў я, — адпусціла?

Курдупель няшчасна нешта правыў.

— Вось табе і круглыя азадкі, — сказаў я. — Падзялі-
ліся з табой казкай. Можаш заечынай паласавацца.

Курдупель між тым ачуняў і пачаў вярзці пра свае
нядаўнія прыгоды:

— Нядаўна мне таксама „пашанцавала“... Гэта як
цяпер тут, у тунэлі... Вырашыў я наведацца ў госці да
сябра ў мястэчка Бобр. Дарога была няпростай. Свістаў

вецер і біў па твары празрыстымі кулакамі, па карку — нагамі. І шаптаў мне розныя страшныя гісторыі са свайго жыцця. Цалаваў холад. Змерзлыя вожыкі ляжалі на лістоце, нібы зімовыя яблыкі. Змерзлыя лісы нагадвалі кукурузныя пачаткі. Куртка мяне не сагравала. Набліжаўся вечар. Я ішоў па лясной сцяжынцы і пачынаў панікаваць. Я заблукаў. Мабільны тэлефон не лавіў.

У гэтым месцы курдупель зрабіў тэатральную паўзу, і я заўважыў, што апавядальнік неяк зменшыўся за апошні час. Быццам усыхаў ён. Галава стала зусім маленькай, памерам з кулак.

— У цябе штосьці баліць? — спачувальна спытаў я.

Курдупель мне не адказаў і працягваў свой дзіўны аповед:

— Чуліся крыкі нябачных лясных птахаў, рыпелі дрэвы, і з кожнай хвілінай напаўзала цемрач. Здавалася, што лес мяне зацягваў у нетры. Я мёрз, а дрэвы здзекліва нацягнулі зімовае футра і шапкі. Я са страхам думаў пра начлег на зямлі і ў холадзе.

Я бачыў, што курдупель відавочна змяняўся. Ён ужо зменшыўся да памеру пяцігадовага дзіцяці і блытаўся ў вялікім плашчы.

Я прапанаваў:

— Можа, табе адпачыць і паляжаць?

Курдупель не адказваў, пакашляў, як старэнькі, і працягваў балбатаць. Прычым голас яго таксама ўсё цішэў і цішэў:

— Разам з холадам прыйшоў і голад. Я марыў пра грэнкі з каўбасой. Я стаміўся і ледзь трымаўся на нагах. Між тым сцямнела, і неўпрыкмет на неба выслізнуў жоўценькі месяц, які цягаў мяне за вушы. Я ўсё часцей пачынаў спатыкацца. Перспектыва начлегу ў лесе мяне зусім не радавала...

Цяпер курдупель стаў зусім маленькім — ён ляжаў, як немаўля, варушыў крэветачнымі ножкамі і ручкамі. Потым голасна заплакаў.

Я ўзяў курдупеля на рукі і пачаў гайдаць, прыгаворваючы: „Спі, мой маленькі. Спі... Збеглі зайкі ўсе ў лясы... Змоўклі птушак галасы...“

Мой прыяцель супакоіўся і сур'ёзным дзіцячым галаском спытаў:

— Мы ж дойдзем?

— Дойдзем... Дойдзем... Спі... Люлі... Люлі...

— Мне тады крымінальнікі дапамаглі, якія выйшлі з лесу, — раптам прызналася мне дзіця. — Яны былі вельмі галоднымі. Яны тады ўцяклі з зоны, а тушонкі ў іх неставала. Вось мяне і з'елі...

І маленькі курдупель страшна закрычаў.

71.

Бабуля — яна і чараўніца, якая таямніча пашэпча, пасыпле нечым, рукамі памахае, ляльку з голкамі кіне ў агонь. Яна і тая, хто, здаецца, аніколі не змяняецца. І выгляд бабулі зачароўваў сваёй дасканаласцю — як кажуць, „на ўсходнім фронце ўсё без змен“. Стаць старым чалавекам без узросту — гэта недасяжная мара для многіх. Гэта як экспедыцыя на ледаколе ў Антарктыду. Я глядзеў на яе і здзіўляўся — час не адбіваўся на старой жанчыне. Нават курдупель зашаптаў: „Гэта не чалавек — гэта мумія Аменхатэпа“. Бабуля прытанцоўвала. Яна была ва ўсім белым: сукенка, капялюшык, туфлікі.

Яе вочы свяціліся ад шчасця сняжынкамі.

— Дзе вандравалі, што рабілі? Наведвалі новыя гарады ці бавілі час у элітных санаторыях? — пацікавіўся я ў бабулі.

— Я жыла каля акіяна, — сказала бабуля. — Я спявала песні, слухаючы музыку хваль. І піла шампанскае разам з Рахільдай.

У гэты момант мы апынуліся на ўзбярэжжы мора. Пад нагамі быў жоўты пясочак. Прыпякала сонца. Даляталі марскія пырскі.

— З Рахільдай? — здзівіўся я. — Гэта хто?

— Гэта мая папугайка! — адказала весела бабуля. — Яна спявала разам са мной.

— Кіты й акулы вытрывалі вашыя спевы? — пацікавіўся я.

Удалечыні з вады высунулася знаёмая вусатая морда акулы і заўважыла:

— Ды што там жэрці?

— Я не ем рыбу і мяса! — заявіла бабуля і дадала: — Я вегетарыянка!

— Я чуў, што для акул вегетарыянкі — сапраўдны далікатэс, — заўважыў я.

Бабулька злосна на мяне зірнула. Я падумаў, што зараз на мяне абрынуцца ўсе маланкі свету.

Вусатая морда з вады дадала:

— Тут і прыправа не выратуе.

Пасля слоў вусатай морды бабуля трохі адсунулася ад вады.

— Я сёння выходжу замуж, — асцярожна паведаміла бабуля.

— І хто гэты шалёны шчасліўчык? — здзівіўся я.

Наступныя словы бабулі агаломшылі.

— Капітан Барада, — сказала бабуля.

— Вы ўжо вылавілі жаніха са слоіка і агурком заелі? — пацікавіўся я.

З'явіўся трохлітровік. Унутры стаяў зялёны дрыжачы капітан, які нам памахаў і прабулькаў:

— У мяне не было выбару!.. Гэта адзіная магчымасць зняць закляцці і адсюль выйсці!..

Выглядаў капітан сярод агуркоў кепска — здрабнеў, пастарэў.

— Ты запрошаны на вяселле, — сказала бабуля мне. — Сустракаемся сёння каля Брандэнбургскай брамы ў чатырнаццаць гадзін.

З'явіўся фіялетавы гном, які спытаў у мяне:

— Каньяк будзеш?

Я моўчкі кіўнуў, і ён плюхнуў у шклянку грамаў сто. Я выпіў, і стала трошкі лягчэй.

Бабуля сказала:

— Галоўнае — не спыняцца. Жыццё — гэта бурлівая рака. Сэрца патрабуе новых эмоцый, — з гэтымі словамі яна абняла слоік з капітанам.

Фіялетавы гном глыбакадумна дадаў:

— І здаецца, што ўжо нешта шкрабаецца. Просіцца. Гукае. Люлюкае. Яно. Яно прыйшло. Сапраўднае. І здавалася, што вельмі няўлоўнае.

Дзесьці над морам заспявалі чайкі.

72.

Мне раптам падумалася, што капсулу часу стварылі ўцекачы з ГДР. У Берліне засталося шмат падземных

тунэляў, якія выкапалі для ўцёкаў з сацыялістычна-
га раю. Магчыма, я трапіў у сапсаваную капсулу часу?
Гэтая думка мне падабалася сваёй рэалістычнасцю. Так.
Цалкам магчыма, што я знаходжуся ў адным з сакрэт-
ных тунэляў. Я нават падумаў, што тут, акрамя прыві-
даў рускіх афіцэраў, можна сустрэць і прывід супрацоў-
ніка Штазі.

Замест вышэй названых прывідаў я пабачыў маста-
ка Валодзю Сытчанку. Ён засяроджана пра нешта думаў
і не зважаў на мяне.

Калісьці Валодзя выкладаў у мінскай Акадэміі ма-
стацтваў і паралельна займаўся кніжнай ілюстрацыяй.
Апошнія гады ён шмат эксперыментаваў з камп'ютар-
най графікай. Неяк мне трапіўся томік вершаў Анатоля
Вярцінскага ў афармленні Валодзі, і я быў пад уражан-
нем ад густоўных малюнкаў. Знешне мастак трошкі на-
гадваў грыфа.

Раптам Валодзя мяне заўважыў і сказаў:

— Балота — гэта свята, якое аніколі не заканчвае-
ца. Да прыкладу, плошчу Якуба Коласа мы заўсёды на-
зывалі плошчай Вялікага Балота. Наша душа — гэта ма-
ленькае балота. Крумканне жабы — гэта сімвал нашай
духоўнай барацьбы.

З'явіўся стары грыф, з вайсковай выпраўкай, з парт-
фелем у кіпцюрастых лапах. Ягоная дзюба выглядала
застылым і нясвежым халадцом. Ён спытаў нас:

— Дзе ананасы?

Я таксама спытаў:

— А вы хто?

— Балотны генерал у адстаўцы, — бадзёра паведа-
міў грыф.

Валодзя прызнаўся:

— Слухаў надоечы аповед аднаго генерала пра самы светлы дзень у жыцці, які можа быць толькі на полі бою. Ён даводзіў, што чалавек абавязаны памерці са зброяй у руках за радзіму і кіраўніка краіны. Хацелася, насуперак гэтым гнілым прамовам, пайсці ў бліжэйшы бар, напіцца і зрабіць з гарматы арт-аб'ект.

Грыф заўважыў:

— Толькі на балоце трэба паміраць.

— Што робіце ў Берліне? — запытаўся ў грыфа Валодзя.

Грыф, той, што балотны генерал, адказаў весела:

— Да цябе прыехаў у госці, сабрат, на месяцок. Засумаваў.

Валодзя здзівіўся:

— Мы хіба знаёмыя?

Грыф выцягнуў з партфеля планшэт і паказаў:

— Глядзі, гэта ж ты мяне намаляваў у маладосці... Забыў, пэўна.

Валодзя са здзіўленнем узяў планшэт і стаў разглядаць малюнак.

— Як уражанні ад горада? Ужо дзесьці спыніліся? — запытаўся я ў грыфа.

Перад тым як адказаць, грыф памахаў крыламі і сказаў:

— Запіў я тут. Ужо пяць дзён як. Учора выйшаў у горад і, пэўна, выглядаў грыфам, якога марынавалі ў віне, бо на вуліцы мінак аддаў мне дарагую бутэльку. Я нават і не зразумеў адразу, што адбылося. Прыгледзеўся — джын са смакам ядлоўцу... Гэты напой я спачатку баяўся піць. Бо падарунак атрымаў ад невядомага — раптам атруту падсунуў вораг? Чуў шмат пра выпадкі, калі слепнуць ад няякаснага алкаголю. Потым дапытлівасць перамагла, і я глынуў джыну і паляцеў над Берлінам.

Валодзя спытаў:

— Як зрок — не сапсаваўся?

— Зрок і гэтак кепскі, — сказаў балотны гриф. — Я тады падумаў, што ў чарачных нам таксама часам падсоўваюць незразумелыя напоі, і мы, дзякуй богу, адразу не паміраем. Таму і выпіў...

Валодзя заўважыў:

— Жыццё такое імгненнае, а ты думаеш, што трымаеш яго ў руках. Гэта памылка. Ты не трымаеш жыццё, бо яно як птушка... Хвост схапіў, а ў руках застаецца толькі пер'е.

Я дадаў:

— Зрэдку мне здаецца, што кнігі не пішуцца. Кнігі пішуць цябе.

Гриф заўважыў:

— З пёраў можна нарабіць паплаўкоў для рыбнай лоўлі.

73.

Пасмяротную кнігу Ярылы Пшанічнага „Атамная лучына" мы выдалі пры дапамозе краўдфандынгу — на яе скінуліся фактычна ўсе сябры паэта. Вершы, графіка, фотаздымкі склалі трывалую папяровую хатку, куды хацелася зазірнуць і адкуль немагчыма было сысці.

Ярыла Пшанічны не спаў. Ярыла Пшанічны стаяў у цэнтры Менска на плошчы Леніна. Яго нядаўна паставілі замест помніка Леніну. І наш геній, наш

класік беларускай літаратуры заняў пачэснае і заслужанае месца. Заняў, адным словам, пастамент. Каменны
Ярыла час ад часу прыкладваўся да пляшкі з кефірам і
з асалодай піў. Настрой у каменнага паэта быў найцудоўнейшы. Паляўнічы пацук прымацаваўся збоку і казаў класіку пра жыццё беларускіх піўных. Маўляў, ёсць
у іх свая таямніца. Свая вялікая бяздонная бутэлька.
Хітрынка. Усе ведаюць — і ўсе хаваюць. Пацук для пераканаўчасці біў сябе лапай па носе. Ярыла амаль верыў.
Пацук даводзіў, што ёсць моцнае піва, дзе наўмысна
афіцыйна заніжаны працэнты алкаголю. Бо інакш патрэбныя іншыя ліцэнзіі і дазволы. Але градус не падманеш. Напісана шэсць працэнтаў — насамрэч могуць
быць і ўсе дванаццаць — як віно. Такі зубаскрышальны
піўны напой...

— Я бы сказаў нават інакш — для прапампоўкі горла... Як сербанеш такога піўка, дык адразу ператворышся ў супергероя. Не кожны вытрымае. Ну куфаль, ну
два... І капут, — казаў пацук Ярылу.

Тут і фазан спяваў сваю песню:

— Клуб выпівох — гэта заўсёды цудоўна!

Я слухаў і казаў:

— Ва ўсякім выпадку, гэта было святам.

І помнік, той, што Ярыла Пшанічны, нараспеў казаў:

— Уначы панаваў холад. Зоркі нагадвалі светлякоў.
У галаве гудзела. Быццам некалькі пчол апылялі мой
мозг.

— Гэта здарылася ўначы? — перапытаў я.

Помнік працягваў:

— Менавіта. Таму я спускаўся ў пусты склеп для
дэгустацыі каньяку. Крочыў па халодных бетонных

прыступках у выратавальную цемру і ціха падыходзіў да акенца. Выпіваў і глядзеў на начное неба. Апошнім часам гэта былі тыя лекі, якія маглі супакоіць. Гэта не выратоўвала — не. Хутчэй, гэта нагадвала лёгкую форму самагубства.

І фіялетавы гном пагаджаўся з помнікам:

— Я таму піва і не п'ю — люблю віскі, ром, каньяк...

— Што цябе здзівіла ў Берліне? — запытаўся ў паляўнічага пацука помнік.

— Мне трапляліся нясмачныя персанажы, — казаў паляўнічы пацук. — Запомніўся адзін з пераездаў. Прыехала машына з некалькімі хлопцамі-грузчыкамі, з якіх толькі двое валодалі нямецкай мовай — астатнія размаўлялі па-беларуску. На новай кватэры яны мусілі забраць старыя рэчы на смецце. Падвал таксама вызвалялі ад хламу, але рэчы яны не вынеслі, а перагрузілі ў адчыненае чужое падвальнае памяшканне і зрабілі гэта цішком, калі я адлучыўся. Высветлілася гэта выпадкова. Я згадаў, што сярод старых рэчаў у падвале ляжала арыгінальная жывапісная праца з кажанамі, і захацеў яе забраць, каб захаваць. У выніку аднаму з хлопцаў давялося ісці да рэчаў, якія былі не ў машыне, а ў чужым памяшканні... Вой, як ён мацюкаўся на ўзурпатара, калі я адкусваў ягоную галаву. Гэта было самае нестандартнае паляванне ў маім жыцці.

— Прыкрая гісторыя, — заўважыў помнік.

— Сам што робіш? Пішаш? — запытаўся я ў каменнага Ярылы.

Каменны Ярыла Пшанічны заўсміхаўся, хітра прыжмурыў патрэсканыя вочы і прызнаўся:

— Прыдумляю новыя вершы, але не запісваю...

Разважаю над чалавечай сутнасцю. Думаю пра тое, з чаго складаецца чалавечая пыха — з якіх шакалаў і змей? Быў чалавек і раптоўна знік — ператварыўся ў страшную істоту для Стывена Кінга. Меў я перакладчыка на амхарскую мову, спадзяваўся, што і сябра. Праз крыўду, што не зрабілі спасылкі на ягоную анталогію ў новай кніжцы, злосць у таго ўзнікла неверагодная, і пачырванеў ён увесь да выгляду цмока. Аказваецца, я быў прыхаваным ворагам для свайго сябра — лаўцом чужога агню. Вось так і жыву цяпер — без сябра і без перакладчыка на амхарскую. Бо вораг праз тое, што бровы не гэтак растуць — не ў тым напрамку і каменныя.

— Ці жывеш? — заўважыў паляўнічы пацук.

— Часцей стаю, — прызнаўся каменны Ярыла. — Але зрэдку хаджу ў прыбіральню...

74.

У гэты момант вялікія каменныя рукі разламалі зямлю і ўпіхнулі мне знаёмую кардонку.

— Паша! — закрычаў я. — Ты тут?!!

Каменныя рукі з грукатам схаваліся. Я пачуў далёкае ад Пашы:

— Ды тут я. Тут. Не крычы.

— Дзе ты шастаў? — пацікавіўся я.

— Мяне цягалі ў гроты памяці — слухаў там гісторыі горада, — падзяліўся Паша.

— Як цікава, — сказаў я. — На што гэта падобна?

— Нічога цікавага, — прызнаўся далёкі Паша. — Анікога не бачыў. Сядзеў у кардонцы, нібы ў скафандры. І слухаў спевы чарвяка Гаўрыла. Гэта былі і не гісторыі ў чыстым выглядзе, а нейкія байкі.

— Гаўрыіл? — перапытаў я. — Ці не пра таго Гаўрыіла казаў Джойс? Толькі гаворка ішла пра гнома... А ты кажаш — чарвяк... Пра што спяваў Гаўрыіл?

— Да прыкладу, расказаў байку пра лісу і варону. Сядзела на дрэве варона і трымала ў дзюбе гранату. Тут ліса прабягала і пачала загаворваць варону. Ну тая не стрымалася ад спакусы паквітацца з лісой і кінула ёй гранату. Карацей, фактычна гаворка ішла пра старажытны дрон.

— І што сталася з лісой? — пацікавіўся я.

— Дапамагае цяпер Гаўрыілу разліваць піва, — патлумачыў Паша.

Мне здалося, што кардонка стала неяк шмат важыць.

— Алё, на палубе, — абурыўся далёкі Паша. — Нясі больш пяшчотна.

— Паша, штосьці твая кардонка стала цяжкой, — заўважыў я.

— Ды цымбалы ў мяне тут, — сказаў Паша.

— Адкуль? — здзівіўся я.

— Гаўрыіл падарыў, — сказаў Паша, і зайграў, і заспяваў: „Молодость моя, Белоруссия. Песни партизан, сосны да туман. Песни партизан, алая заря... Молодость моя, Белоруссия“.

— Гэта праўда, — сказала Касцяная нага, якая вылезла праз норку. — Абывацелі нічога не вырашаюць — іх рухаюць наперад магніты Зямлі.

Касцяная нага была ў гіпсе і знешне вельмі нагадвала раздзьмутую клюшку для гольфа.

— Толькі з зубамі, — дадала Касцяная нага.

— І з даўгім гнуткім языком, — дадаў я. — Ты адкуль

узялася, шаноўная?

— З далёкіх мясцін я прыскакала да вас.

— І як цябе завуць?

— Аліса з Краіны Цудаў.

Далёкі Паша патлумачыў:

— Аліса мне дапамагала ў гротах памяці. Яна цяпер сядзіць на літаратурнай стыпендыі ў Краіне Цудаў, і там ёй смутна — надакучыла штодня жэрці сасіскі, яблыкі і пісаць вершы пра горы. Надакучыла ёй тамтэйшае бюргерскае жыццё. Ёй хочацца з кімсьці патрындзець пра жыццё на Марсе. Ейны бойфрэнд укаціў на заробкі ў Амерыку. Вось яна часцяком тут і матэрыялізуецца, каб палохаць мінакоў.

— Аліса, — запытаўся я, — чым вас прыцягвае Марс?

Касцяная нага паскакала вакол нас, спынілася і сказала:

— Гэта філасофскае паняцце... Марсіянская глеба яшчэ кепска даследавана...

Далёкі Паша заўважыў:

— Не веру.

Касцяная нага дадала:

— І ўвогуле, я думаю, мне даўно варта з'ехаць падалей з Краіны Цудаў, каб таксама засесці за працу над сваёй галоўнай кнігай. Цяпер я раскідваюся на дробязі.

— Чаму ж Краіна Цудаў вас не задавальняе? — запытаўся я.

— Спакус шмат, — сказала Касцяная нага. — Слабая я.

Я запхаў кардонку ў заплечнік і скіраваўся наперад.

75.

Прывіды перасоўваліся цягнікамі, грымелі званкамі і абвяшчалі неіснуючыя станцыі, дзе я вёў дзіўныя размовы. Мой свет поўніўся прыдуманымі персанажамі.

Калі я прысеў адпачыць, прыляцеў даўні знаёмы — фазан.

— Дарма ты адмовіўся ад цукеркі, — сказаў ён. — Усё склалася б інакш.

— Магчыма, яшчэ не позна ўсё перайначыць? — выказаў здагадку я. — Ну, давай сюды сваю цукерку.

Фазан загагатаў і сказаў жорстка:

— Цягнік сышоў.

— І што, ужо нічога не змяніць? — пацікавіўся я.

Побач матэрыялізаваўся сантэхнік, які заўважыў:

— Ён дражніцца. Не чакай ад яго падарункаў.

— Размармытаўся, як кот, — сказаў сантэхніку фазан.

— Пайшоў адсюль! — крыкнуў сантэхнік і замахаў на фазана рукамі.

Фазан паляцеў — і амаль адразу выбухнула светлавая граната. У вачах усё ламалася. Я паспрабаваў скласці контуры ў адно цэлае — я сеў і схапіўся за галаву.

Я смакаваў страх, і ад гэтага ў мяне балела сэрца, як быццам у грудзі залезла жаба. Здавалася, што яшчэ трошкі — і мае грудзі ператворацца ў кратар. Я піў гаркавы страх і перакочваў яго магму языком. Абпальваў паднябенне. Я сам напісаў свой страх. Цені наляталі са свістам і трошкі ажыўлялі памерлы свет. Хтосьці разумны сказаў, што дабрыня выратуе людзей.

Сантэхнік заўважыў:

— Ці патрэбны страх? Магчыма, без яго будзе лягчэй дыхаць? Што рабіць, калі ён стаў часткай хворай свядомасці?

76.

Я зразумеў, што Капітан Барада пластылінавы — ягоныя трохметровыя рукі і ногі нагадвалі канаты і гулялі па столі тунэля.

Курдупель запытаўся:

— Можна я зляплю з рук капітана вузел?

— Рабі, што лічыш патрэбным, — адказаў я. — У цябе поўная свабода дзеянняў.

Капітан агрызнуўся:

— Паспрабуй, выблюдак. Калі табе гарба не шкада, падыходзь — я расцісну яго.

Курдупель падскочыў да капітана і спрытна завязаў ягоныя рукі ў вузел.

— Я табе адпомшчу, — паабяцаў курдупелю капітан.

— За што? — запытаўся я.

— За здзекі.

— Барада, ніхто з цябе не рабіў пластылін, — заўважыў я. — Ты сам такім перад намі паўстаў. Прабач курдупелю: ён не стрымаўся ад спакусы пазабаўляцца.

З’явілася велізарная талерка, памерам з канапу. Яе ўпрыгожваў шырокі сярэбраны абадок. І капітан, нібы запечаная качка, плаўна туды асеў.

Курдупель сказаў:

— Я хацеў бы паліваць яго расплаўленым воскам ад свечкі, каб ён заблішчэў лакіроўкай.

— Я табе адпомшчу, недабіты курдупель, — хрыпла

паабяцаў капітан.

Курдупель сказаў:

— Мастацтва было вечным. Страх быў эфемерным. Колер знікаў. Я падключаў мазгі да камп'ютара і ажываў. Я глядзеў на сябе ў люстэрка. Я размаўляў з сабой. Браў нож і рабіў з карціны некалькі твораў.

„Навошта мне гэта мроіцца?" — падумаў я.

77.

У тунэлі пачалі з'яўляцца дрэвы — каштаны, клёны, ліпы, ясені.

Пайшоў снег, стала марозна.

За спінай тэатральна замармытаў фіялетавы гном:

— Як складзецца мой лёс заўтра? Як? Як?!

Я заўважыў неахайна апранутую замёрзлую парачку, якая корпалася ў сметніках, відавочна, у пошуках пустых бутэлек. Мы з курдупелем пачулі, што яны размаўляюць па-руску. Праз колькі хвілін натыркнуліся на раскладзены намёт пасярод лісця і снегу.

Гном заўважыў:

— Амаль адзіночны пікет.

З-за дрэваў да нас выйшаў барадаты заплаканы чалавек. І здавалася, ён распавядаў самому сабе:

— Пасля няўдалай беларускай рэвалюцыі ў 2020 годзе яшчэ пару гадоў я намагаўся выжываць у рэпрэсіўнай дзяржаве. Хадзіў на звыклую працу на заводзе, піў каву, піва, заляцаўся да дзяўчат. І спрабаваў не заўважаць, як кідаюць за краты маіх знаёмцаў і сяброў. Ігнараваў рэпрэсіі ў краіне. І з кожным днём жыць рабілася ўсё складаней. І потым да мяне прыйшлі двое ў цывільным і прад'явілі пасведчанні КДБ. Яны мяне запалохвалі, абяцалі мне страшныя пакуты. Я зразумеў, што мяне могуць кінуць за краты ў любы момант. Я хутка сабраўся і з'ехаў з Беларусі. Праз пэўны час выпадкова апынуўся ў Нямеччыне. Гэта здарылася знянацку...

Я паглядзеў на барадача і не ведаў, што яму адказаць.

І тут гном ашчыліўся і выцягнуў чырвоную кніжыцу, якую сунуў нам з барадачом пад нос. Мы прачыталі, што гном — дзейны маёр Камітэта дзяржаўнай бяспекі!..

— Я падазраваў, — сказаў я. — Як я мог не здагадацца...

— Паднаглядныя, — спакойна сказаў гном. — Не разводзьце ў замежжы дэструктыўнай прапаганды. Усё фіксуецца.

— І табе не сорамна? — спытаў я ў гнома.

— Частуйцеся, — сказаў ён і працягнуў нам маленькіх Дзяржынскіх на палачках. — Эксклюзіўныя ледзянцы — эфектыўны сродак барацьбы з сарамлівасцю.

Бледны барадач засунуў ледзянец у рот і, смокчучы, сказаў:

— Трэба пераключыцца. Трэба пераключыцца. Я тут выпадкова. Я кляновы лісцік. Я кляновы лісцік.

— Давядзецца з гэтым жыць, — сказаў я. — Навіны правакуюць да спазмаў у горле. І таму вершы падаюць на мяне пастаянна — гэта водгалас шаленства. За апошні час я напісаў некалькі эсэ і цяпер працую над кнігай прозы. Для сябе паставіў дэдлайн — дапрацаваць кнігу да новага года.

Барадаты чалавек пагадзіўся:

— Добрая справа. Літаратура размінае мазгі, нібы цеста.

Гном зарагатаў:

— Хлопцы, не бядуйце! Мы вас расстрэльваць не будзем. Нам патрэбныя тыя, хто будзе працаваць. І ў казематах трэба кагосьці марынаваць.

У гэты момант барадач цяжка ўздыхнуў і ўпіхнуў мне нешта са словамі:

— Трымайце — вам сувенір з радзімы.

Гэта быў парцэлянавы ўзурпатар у клоўнскай форме галоўнага беларускага афіцэра. На грудзях красаваліся пяць зорак Героя Беларусі. Я згадаў, што нават Старшыня Вярхоўнага Савета СССР атрымаў толькі чатыры зоркі Героя Савецкага Саюза. Вусы ў цацкі былі падкручаныя, як у легендарнага камдыва Васіля Чапаева.

Я адчуў, як закіпаю ад злосці. Кроў ударыла ў галаву. Я зароў немым голасам, размахнуўся і запусціў парцэлянавага красуна ў сцяну тунэля. Цацка хлопнула і разляцелася на дробныя аскепкі.

Маёр-гном войкнуў і жаласна запішчэў, потым кінуўся збіраць раструшчанага клоўна ў папяровы пакет.

Я сабе сказаў: „Прэч ад кадэбэшніка!“

78.

Тунэль стаў зусім вузкім, і я мог рухацца толькі на карачках ці па-пластунску. Часам я закранаў галавой зямлю, і яна асыпалася. Было душна, і не хапала паветра. Ззаду соп курдупель, які зрэдку мацюкаўся. Перыядычна ўзнікала думка вярнуцца, бо я падазраваў, што выхаду наперадзе не будзе. Прастора рэагавала на мае фантазіі, і яна была, у адрозненне ад прывідаў, жывым арганізмам. Цалкам магчыма, што нара з'явілася пад уплывам маіх думак. „Ну хоць кадэбэшнік адчапіўся", — разважаў я.

І ў гэты момант я літаральна зваліўся ў пячору, і ззаду на мяне наляцеў і прыціснуў курдупель. Я вызваліўся ад спадарожніка, падняўся і размяў ногі. Ачысціў ад зямлі заплечнік з кардонкай. „Усё ў парадку", — прасіпеў адтуль далёкі Паша. Я агледзеўся. Кідаліся ў вочы вялікія матавыя лужыны з незразумелага змесціва. Я падышоў да адной і прынюхаўся. Мне падалося, што трошкі смярдзіць падлай і нагадвае расплаўлены тлушч. Дакрануцца я не адважыўся.

Курдупель заўважыў:

— Я быццам гліст, які вылез з дупы...

У гэты момант з цьмянай глыбіні памяшкання, дзе, відавочна, працягваўся тунэль, выкаціўся круглы голы чалавек. У літаральным сэнсе — жывы шар. Рукі і ногі ён прыціскаў да цела, каб было зручна перакочвацца.

— У мяне кепскае прадчуванне, — сказаў я.

Курдупель скасавурыўся:

— Лепш я буду глістом...

Шар падкаціўся, напяваючы пра мёртвага зайца. Потым ён паглядзеў на нас, выпусціў паветра і сказаў:

— Крымскі руды заяц быў зачараваным і таму размаўляў па-чалавечы. Ягоныя мёртвыя вочы ззялі каштоўнымі сапфірамі. Лапы былі ідэальнымі — з лямцу. Ён мне распавёў тужлівую гісторыю пра голад і смеласць, пра прыгажосць і невуцтва. Ён любіў малако і мастацтва. Мы сябравалі.

Я спытаў:

— Што з вамі здарылася — чаму вы ператварыліся ў шар?

— Гэта энергія тлушчу — я ахвяраваў целам дзеля мастацтва, — з гонарам адказаў шар і пашлёпаў вушамі. Так, ягоныя вушы адбілі знаёмую піянерскую мелодыю, якую заўсёды мы выстуквалі ў дзяцінстве на барабанах. Адразу тлушч ажыў. Я прыгледзеўся і пабачыў тысячы белых чарвякоў, якія валтузіліся. Яны былі нібыта запраграмаваныя на гэты рытм вушэй і таму, здавалася, імкнуліся паказаць свайму гаспадару гатоўнасць да выканання загадаў. І шар не прамінуў гэта зрабіць, бо ён спытаў:

— Дарагія, вы хочаце свежага мяса?

— Мяса? — здзівіўся курдупель. — Дзе ж тут свежае мяса?

— Гэта, напэўна, мы з табой, — дапусціў я.

У памяшканні зашумела, нібы загудзелі шматлікія восы:

— Хочам-хочам-хочам...

— Дзейнічайце, — сказаў шар. — Гэта падтрымае наш эксперымент.

І толькі ён гэта сказаў, як адусюль стаў напаўзаць жывы тлушч. І лужыны павялічваліся — нас у літаральным сэнсе залівала.

— Што гэта?!! — закрычаў я.

Шар патлумачыў:

— Не супраціўляйцеся. Бо інакш толькі падоўжыце свае пакуты. Мае гадаванцы ўсё зробяць хутка і прафесійна. Балюча будзе нядоўга. Зразумейце галоўнае — гэта ахвяра. Мы мусім. Мы абавязаны. Галоўнае — не панікаваць.

Я выцягнуў з заплечніка кардонку і зашаптаў у дзюрачку:

— Паша, што рабіць?!.

— Спакойна, — сказаў Паша. — Мой выхад.

І тут засвістала. Кардонку выштурхнула з маіх рук, і яна ўзнялася да столі. І я пабачыў, як з дзюрачкі выдзьмухваецца маленькі смерч, які стаў засмоктваць тлушч. Здавалася, што час запаволіўся — так доўга свістала і грукатала. Потым нарэшце кардонку раздзерла, і адтуль выскачыў нармальны Паша Лоскутаў. Вясёлы, ружовашчокі. Ён мяне абняў і адразу кудысьці пабег.

— Паша! — крыкнуў я наўздагон. — Ты яшчэ вернешся?

І ўжо здалёк Паша заспяваў:

— Шумна шыпелі над акопамі птушкі!.. У шыпах былі мёртвыя целы!.. Сонечны дзень асыпаўся нервамі!.. Я ажываў!.. Не будзь бакланам — не падай духам!..

79.

Мяне завальвала зямлёй, калі я пачуў зверху:
— Бомж, дай руку!

Берлін, красавік 2024